想好

你在
对角线的
另一端

青谙安／著

江苏凤凰文艺出版社
JIANGSU PHOENIX LITERATURE AND
ART PUBLISHING,LTD

目录

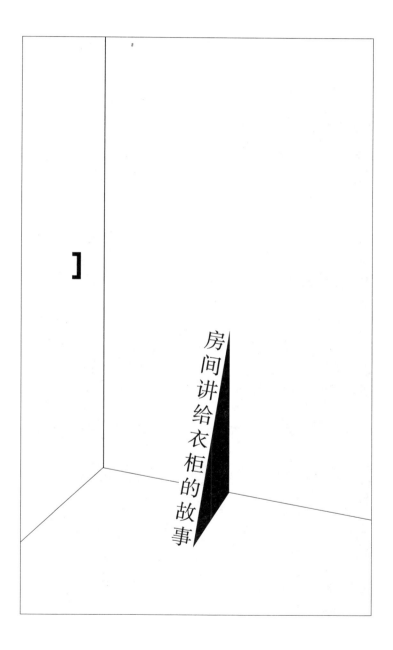

房间讲给衣柜的故事

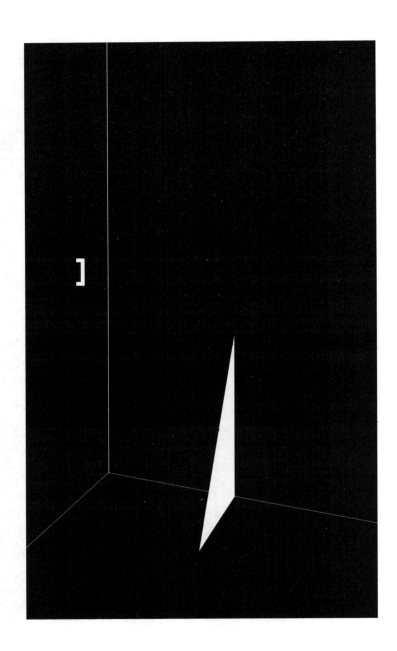

男孩住进我身体里的那个上午，很晴。在这之前的两天，阵雨和暴雨轮番上演与狂风纠缠不清的戏码。好不容易，夏天的尾巴肯把太阳从云室里放出来，暖烘烘的光将事物的影子们都晒得特惬意。几公里外海水里藏匿着的咸腥挣脱水的束缚，雀跃地乘风朝我奔来，用耗不尽的欢活敲打我的玻璃窗子。

　　但他没有在意我被震得生疼的窗框，他只是轻轻取出锁孔中的钥匙，小心翼翼地推门掩住我身体里的一切。像合上一本日记，遮住本子里的秘密。

　　深蓝幕布一样的窗帘被他拉起，四周尘埃开始躁动，漫上他的手臂、他的睫毛。他脱了鞋沿儿沾了泥的运动鞋，倒入深蓝色一侧的床心。被子裹住他，却依然裹不住他身体一抽一抽的动作，还有呜咽一般的低鸣。很明显，他如果没有在自慰，那就是在哭了。

我不喜欢他的这种声音，像是夏季雷雨天之前给我的那种憋闷压迫感。我很想念上一个房客，阿星。她声音好听，哭声也很好听，仿佛初秋的雨一颗颗跳跃在塑料布伞面上，崩碎的声响。这是阿星离开我的第五天。我不知道她去了哪里，她走了甚至没带走任何东西。屋里还有她吃剩的半个雪梨被抛弃在电脑桌边缘，靠依偎吉他的变调夹才得以不掉落在地。整整五天了，雪梨都蔫瘪瑟缩成褐黄模糊的一团，无奈地散出发酵将死的气息。

我不清楚，为何这么快就换了房客。而且房主都还没让女孩打包行李，新的房客就这样住进来了。

他躺了很久，久到海跟天交界处的白色薄雾都趁着黄昏渐渐变成水墨画中墨的样子。天黑得剔透极了，似乎只需一盏星就能让它无比盈亮起来。他才想起要醒来，赤脚踩在白桦地板上。现在，他脚掌的位置，是阿星往日里最喜欢坐着弹吉他的地方。

她总是坐在同一个位置弹，木地板是现成的坐垫，她后背贴着床垫侧面，面朝暖气片。有太阳的日子，阳光会越过玻璃，跟雨水似的倾倒在她梳得一丝不苟的马尾辫上。她弹吉他的时候总是穿一件纯灰色的吊带裙，头发梳成一束稗子草。吉他的乐音从她怀里洒出来，每每这时，她看起来，都像在传播着一簇簇的温暖和热烈。

灯被开关点亮后，他果然发现了床底的秘密，在他移动脏鞋的时候。他把眼前的红色毯子拖出床底的黑暗，曝在明亮却携着残酷的灯下。白光射在穿着灰裙子躺在红毯里的充气娃娃身上，又反射进他的瞳孔里。他还看见了那个充气娃娃原本的包装箱子，上面有阿星前男友的名字和地址。

那是去年单身节，她看到前男友人人状态更新的一则：光棍节难过的不是没有女朋友，而是原本好好的女朋友突然漏气了。

于是，她网购了充气娃娃准备送给前男友，结果迷糊到忘记把收货地址改成他的。快递打进她手机的那天傍晚，她抱着箱子从楼底爬到六层，走到我身体里的第一件事情就是忽视气喘吁吁，而把箱子外壳上她自己的名字涂掉，改成他的名字，西拗。她本来想再寄给西拗的。但有些事情一直搁置着，拖延着，就会变得像尘封的旧木箱，即使没有上锁，也不再有热忱扑掉脏灰去打开。

夏季的岸城闪烁闷潮，恰似西拗闪烁他的荷尔蒙。他在阿星宿舍楼下等她带走第一件行李箱，再之后，很多东西将会一份一份地被带进我的身体里，他们计划住在一起。也许只有阿星这样计划着，不然西拗怎会当着她的面，朝路过的刚洗完澡的女生们吹口哨呢。他不是第一次这样了，她都知道。西拗高中时就曾在学校外的澡堂边来回晃荡，趁机打量每一个散着不同洗发水沐浴露味道的女孩子，遇到异常美丽的，他还会迎凑过去拿胳膊微微掠过美丽姑娘肩边的长发。

可是这一次不太一样，因为这一次是阿星最后一次看西拗调戏女生。

他们分手了，原因如上。

有时候一厢情愿的计划是最能令人落寞的存在，上一秒她还在楼道里憧憬跟他的未来，下一秒走出宿舍楼就摔在他轻浮的现实面前。没有撕扯的那种吵，她甚至没有说话。

她只是牵着行李箱的把手，慢慢踱进他的视线里，像拉着她的所有过去或者她年幼的小孩，走到他面前。或许是她的眼神太过纯善，纯善得好像能够再包容他这样的举动千千万万次。他不打自招一般，说，怎么？我这样，你不高兴是吧？可我就是这样，我就是喜欢漂亮的女人。如果漂亮又没什么想法那就最好不过了。不像你这样。

"不像你这样。"这是最后一句她听到西拗说的话。他甚至没有喊她的名字，就那么让她走了，没有任何挽留。

星儿，星儿。曾经西拗总是这么叫她。她知道自己是不被珍惜的，星星有那么多，没必要去珍惜她这一颗。

她独自来到我的身体里住下，带着她所有的过去。就像带着她年幼的小孩。她把相册、笔记本摆在衣柜里，长长的风衣和羽绒服下摆拥抱被她高摆起的回忆。

笔记本里藏着无数帧往事，它们被岁月抹去了时间的先后顺序，忘记自己本该定格在哪一个坐标点。

也是从这些她常常翻开来读的日记里，我看到了她跟西拗的故事。

记忆是从前所有日子的灵魂。她拥有两套相同模样的灵魂，一个在她的脑子里，一个在她的本子里。好像这样一来，她可以显得不那么孤单。

她最喜欢看第一本日记的第一页。那一页被她手捏得泛起细碎的毛边，像一小方暖茸茸的手帕。

六岁那年某个冬天，阿星跟妈妈在菜市场卖海鲜。妈妈要刮鱼鳞，让她递刀。可是嘈杂中，她慌乱去碰刀的手指被刀刃划破个口子。痛得一瞬间即将涌出的眼泪，被妈妈不耐烦的眉头和厌恶眼神给呛回进眼底。然后她看见妈妈把刀面在围裙上蹭了蹭，就要用更大的力气去忍住眼泪。她的血留在了脏腻的围裙上，也留在了混着海鲜尸气的土里。

那天晚上，她跟妈妈搬到新家，她们以前住的房子附近，动迁面积越来越大，像人越来越膨胀的欲望。

她趿着新拖鞋，踏踏踏地跟在妈妈身后去对门的新邻居家问好。邻居家的暖气把屋子里初冬的冷气味全都烤焦了，她闻到绿豆炖排骨的香。这是她第一次遇到绿豆同别的食物一起炖，之前她所接触的绿豆都是和大米一起炖的。这第一次，是她在西拗家里遇到的。

大概就是从此，西拗在她心里成为唯一温暖的新奇存在。也不是单因为绿豆排骨香吧，还因了西拗发现她手指上早就凝成血痂的伤口。

虽然他在屋子里左刨右翻也没有找到一片创可贴，可她至今仍记得，西拗那时候满脸歉意的空手走回她身边，握起她的右手放到嘴边轻轻呼气的神情。郑重其事的，一点也不含糊更加没有厌恶的。其实她的伤口早就不疼了，被西拗一吹反倒痛起来。然而那一刻她多希望西拗就那么一直握着她的手，即使疼。

她以为自己是被这温润的气息给拯救了，她以为不再深陷妈妈的冷漠态度里。可，只不过是从一个深渊被拽到了另一个漩涡中。她一开始的以为，错了。

在我身体里住的第一年，她大学休学，四处找兼职工作。她在人很少的街边贴过几张寻工作的广告，但没贴几张，她又返回把它们从凹凸不白的墙上扯了下来。没想到第二天会有人打电话找她去教小孩子英语。

她背着空荡荡的书包，迈进温暖的房子。那不像我身体里的暖气，永远不够热。她的日记里记着，2012 年 11 月 30 日，岸城的初雪。她讲完两个小时的英语还是忘不了小男孩在她摘下口罩那一刻说出的评价。那个小男孩说，她长得好像骆驼啊。

这世界最能令人心伤的字句，莫过是小孩无顾忌的真话和成年人轻易编造的谎话。

她也没法忘了小男孩妈妈急忙用食指点他脑袋的那一下，这让她想起十几年前，她在学前班每次被大家嘲笑时，西拗都慌乱地去敲每个哄笑她的同学的额头。西拗不是没说过她像骆驼，只是他说她像骆驼的时候，都那么温柔还给她甜头。

高一时，她听班上女生说用一种眼霜睫毛就变长了不少。胸还没发育完全的她赶忙买来，每天涂在眼睛周围。然而过了一阵子后，她发现眼睫毛不仅长长了，眼皮上还生出了第二层稍短的细密睫毛。她最不想这被发现的人却是第一个发现的。那天也下着那一年的初雪，不是很冷，雪跳在她睫毛上，西拗帮她扑掉雪花的一瞬间扑哧地笑了，口水差点溅到她眼睛里。她被笑得尴尬又恼羞，西拗还加倍讥讽，说她变两层睫毛了就更像骆驼。她差点哭出来，盈满水的眼眶不敢看雪地也不敢瞧西拗，眼睛找不到一个落点令她更加委屈。但是，西拗笑够之后，吻了她的眼睛，她闭眼的时候，眼泪从缝隙里溢流到下巴，凉冰冰的，可是西拗的嘴唇暖得足以让一切结痂的疤都恢复到完好。她略微睁眼又迅速阖起眼皮，用迅速积攒起的勇气想要去吻西拗的嘴。然而，她太紧张了，单有勇气也是不行的。很快的一下踮起脚，即便闭着眼她还是觉察到自己鼻梁贴上了西拗的唇，而她亲到了他的下巴尖。

　　雪越落越密集，西拗越笑越放肆。她始终没能完成一个主动的吻。

　　第一份家教结束后，她走着回到我身体里的路上，雪已止住。她想了很多，却不明白，究竟是从何时，西拗变了。她知道一切变化都不会是突然之间，都会有着过渡有一个渐渐。可她特别想搞清楚到底渐变区都堆在了过去的哪个地方。她忽然想起中学时代做的许多几何证明题，证明两线平行或证明俩三角形全等等。明明那样显而易见的东西，明明一眼就可以看出而得到结论的事情，为什么还要去证明呢？就像西拗明明已经讨厌她了，同样无须证明就能够清楚确定那被讨厌的感觉，可她仍然一次次去自讨苦吃地用很多去证实那感受的正确无误，做很多徒劳的事去固实那使她绝望的种种线索条框。让西拗不再喜欢她这件事终于变成事实。

可，她还不知道，这世上大部分事实并不意味着真相。

来到我身体里之前，她执拗得非要记得西拗所有似温水一般的润透眼神，而把他越来越寡淡的漠然删进垃圾箱。可，回收站总有堆满的一天，满到她不得不眼睁睁看到溢出的不美好。

住进我身体的第二年，她开始有稳定的自由工作，是教几个不同年龄的女孩子弹吉他。她每周被挑出几天，背着吉他，在岸城地图上的街巷中穿行。不出门的日子，她总是睡很多，梦很多。也许她喜欢睡很多的原因就是可以梦到很多西拗。三年级还没她高的西拗，六年级不舍她转学走的西拗，初三脸颊冒出细细绒毛状胡须的西拗，高二成绩变得很差劲却拒绝她给补课的西拗。

偶尔地，她梦到小学的西拗也会梦到妈妈。从她 11 岁之后就再不对她过问的母亲。梦见妈妈的梦，都是发生过一遍的。

那一年，楼上搬来幸福的一家三口。她很喜欢楼上的小女孩来找她帮忙撑住橡皮筋，小女孩有着比她漂亮许多的脸，尤其是眼睛，美得是眨上一下就能让她纵容她所有的任性。第一次见小女孩，她是来向她借三年级的课本。她很快把数学和英语书找到给小女孩，但是在床底翻找了好久也找不到旧的语文书。盛夏中的风扇已失去作用，她闷在床底，一手擎着手电筒一手寻找着语文三年级上。汗将她脑门的细碎短发黏成一绺绺暗枯黄的秸秆，痒丝丝的，她没有手去挠。她让小女孩坐在风扇对面吹了半个多小时的风，才终于把皱巴巴的有很大霉味的语文书递到她的小手里。

她很不好意思的不是她让她等了这么久，不是她的旧书有霉味，而是她写在课本上的字真是丑到无以复加的地步。其实她闷在床底快喘不过气的时候，也想到可以问西拗借书，再者西拗的字是那么好看。但她心里有个特别笃定的声音告诉她不要，不要西拗见到这个漂亮的小女孩。

她开始经常往楼上跑，赖在那家吃晚饭。小女孩的妈妈更漂亮又温柔，总是轻言轻语地让她多吃菜多吃水果。她五年级的暑假充满了瓜果清香还有喷香的饭菜气味。可是秋天的某一天，妈妈突然把她塞进这个家里，让她喊小女孩的爸爸叫爸爸。那个一向对她无言的男人竭力挤出慈爱的笑，对她点头。她才注意到，自己的鼻梁甚至自己假笑时讪讪的眼神与这个男人是那样的相似。

原来有些时候，身份变了那么一切就都变了。小女孩卸下对她活泼可人的面目，也可能是涂上伪装遮蔽住所有对她的真诚。她开始不拿水灵的眼看她，只用轻蔑的笑去瞟她。小女孩的妈妈虽然仍旧轻言轻语的，但语气里都带着尴尬和小心翼翼。这些都令她变得诚惶诚恐。这年的秋天之后，她再也没见过自己的妈妈。西拗家对面住进一对年轻的夫妇，楼下女人一天天隆起的小腹和爸爸每次与妹妹的妈妈争吵摔东西的爆裂声响都让她觉得可怕。

初中她随爸爸一家搬到岸城的另一边，她为了常常都见到西拗，每天起很早坐很久的车去学校。她从小学时回回考试倒数，被人称作"拉不丢"，渐渐成为可以跟西拗竞争前几名的好学生。她好像突然长大了不少，每日的察言观色去生活的确会催化人成长。她发现成绩好了之后，讥嘲也没有了。几乎没人再喊她骆驼，尽管她身高一直在突飞猛进，让她看起来更像是某种高高却傻傻的动物。

幼儿园时，她午睡时尿床的事迹被小朋友们传颂成人人可娱可贬的笑话。后来同班有个漂亮小女孩也尿裤子到了凳子上，但没人笑话她，大家好像有种一致缄默的默契，对这件事绝口不再提。她很有几次想狰狞地再讲一发那个女孩尿裤子的事，但她又惧怕。惧怕所有人都站在那个女孩的阵营，将她一个人沦为众矢之的。她更恐惧的是，西拗看到她这个挣扎扭曲的想法。

有无数条扭曲的情绪如藤蔓般狠劲儿缠住她的心，怦怦跳的心揣着向往新鲜自由的希冀却往往严重的不能呼吸。孤独让她不能呼吸，落寞让她不能呼吸。她不能去吃自助餐，不能吃火锅，不能生厉害的病，不能睡到昏迷，不能忘带钥匙，因为她是孤单单的一个人。

早在高中时，她就一个人照顾自己了。爸爸在高中学校附近给她租了间房子，套上一个完美的托辞——家离学校实在太远，课业繁重，坐车着实浪费时间。有次周末放假，她需要去拿回落在爸爸家的化学参考书，惴惴不安地爬上顶楼后，不用进屋子就听见里面在唱生日歌。怔住的脚步又呆滞了好几分钟，直到屋子里传来妹妹曼妙的嗓音向爸爸撒娇要长裙和吉他时，她才拖着软绵绵的腿下楼去。下到二楼她还是走不动了，瘫在瓷砖台阶上，她看见楼梯间窗户外的迎春花黄嫩嫩，美得惨绝人寰。她想，她的生日之所以在夏天，就是为了给人遗忘的吧。万花繁盛的喧闹中，人人匆忙观景看影，谁会想知道她来到这个丰盈绰约无比迷人的世界究竟是哪一天。连她自己都忘了是哪一个具体的日子，她只记得这个毫不特别的日子是夏天。

而今年夏天，她在一个饭店哭了。旁边刚刚给女儿唱完生日歌的父母朝她探来不解又反感的眼神，她实在哭得太大声了，正想给生日主角送上祝福的服务员们食客们也无奈且惊讶地偷瞄她。饭店落地窗对面是她当初买化学参考书的书店。她想起那个下午她来到这个书店又买了一模一样的参考书，她想起那时候她才了解《菊次郎的夏天》里，小男孩看见妈妈有了新家庭的那种难受。要如何用什么字眼才能把这些落寞难受记在日记里呢。小男孩至少可以回到奶奶身边，可她能够回到谁的身边呢。她无数次体会到的无家可归都没有那一瞬间更深刻。

西拗不清楚她为什么会买两本一样的参考书，也许他是知道点什么的吧。他在两本书里页脚右下方，每一页都画不同的小图画。尽管翻页时都连不成动画，但是阿星还是笑了。

新房客在我身体里待了两天，没有吃喝任何。他很古怪，居然不开窗也不拉开窗帘，白天我的身体里暗作一团，暗得连我自己都嗅到一股潮闷的霉味。好想有个人来救救我啊，我体内已经一周都没有透过新鲜空气了。

那天，他把充气娃娃身上的裙子扒下，我以为我就要见到什么不得了的事情了，但是没有。这个男人把充气娃娃又摆回床底，而紧紧抱住裙子躺在床上。我不知这么多天过去了，他还能不能闻到阿星的气味。是啊，这裙子就是阿星每次弹吉他都要穿的那条。

阿星也是个怪女孩，每次在我身体里弹吉他都要这样穿，不论春夏秋冬，不论暖气有无与否。值得一提的变化，就是她后来才在手腕纹的文身。

她弄文身，是为了遮住左手腕内侧被烟头烫出的疤痕。那个疤已经有十多年了，她经常把玩一样的抚摸。她手腕处的血管很明显，深紫的青蓝的缭绕并一起延伸到手掌，像光秃秃的枝桠。而那枚淡褐红色的疤恰恰像那些光秃树枝上的最后一片枯叶。大概是把玩腻了，她在手腕一周纹了一圈栅栏图案。而后她每次弹吉他，那围刻在她皮肤上的栅栏都随着她左手换和弦的节奏蹦跶跳跃。不知怎的，每每看到这一跳一顿的栅栏，我都会想起刚学会走路的小孩儿。

她文身那天才在日记里提到疤痕的由来。是在火车站候车厅被陌生阿姨用烟头烫的。六岁之前有一年，她记不清自己几岁时候，她跟着妈妈准备坐火车南下。她记得那是个凌晨，火车站没什么人。妈妈买票，把她一个人摆在候车厅金属长椅里。对面走过一个被陌生女人牵着的小男孩，他看中了她手腕的表。她真的很拼尽全力保护这块新表，但还是被烟头烫得松了手。她至今也不懂，是什么原因让有的人为了讨好自己珍贵的人或是捍卫自己珍惜的东西就去伤害另一个人。

她跟妈妈没有南下。在公用电话亭，她听见话筒里传出沙哑的男人声音，然后妈妈就哭了。她蹲在路边，空荡荡的街开始迎来拂晓，她不敢安慰妈妈，怕妈妈发现她空空的手腕已没有手表的存在。她呼着哈气，看见眼前有公交车驶来。

本子里写道，她早就记不得那块表长什么样子，但她还记得陌生女人的烟都快燃到尽头却还是成功地烫了她，还记得，黎明雾气中的公交车把她一站站地带到了西拗身边。

最近一次也是最后一次，她工作结束，背着吉他站在能带她回到我身体的轻轨里。经过隧道的十几秒，她望着黑黑玻璃上映出自己的轮廓，突然明白了。这些年，西拗慢慢变得平凡，而他并不甘愿沦为平庸，所以他才要让自己的面目可憎起来，可怖的人总会令人难以忘记，这样也许比平凡得让人不屑至淡忘来得好。可是，她只想平淡如水地藏起她所有的丑陋不堪，跟西拗一路平凡下去。她不想自己是面容丑陋的，甚至不想自己是优秀非常或卓越特别的，她宁愿自己有张平凡的脸有个平凡的人生。

隧道外面的天慢慢暗淡下来，暗淡也悄悄笼住了她的心。

她左手握住扶手，右手握成拳头，到站了才都松开。摊开手掌，像摊开一堆疑虑跟愁绪。她发现手心里躺着四扁指甲造就的小舟，在掌纹中深刻地睡着了。

她归来的这个夜晚，梦很多。

小学英语课上，她走神喜欢咬笔头，但那次走得太远，咬的是笔尖儿，被老师揪起来提问。全班都在笑她满嘴的蓝黑色墨，只有坐在她右边的西拗一本正经地找纸巾，找不到就用校服袖子帮她擦嘴。

有年初中秋天的长假，西拗把她带到奶奶家。一炕炒过的花生的皮几乎能做成被子铺在躺着的西拗身上。她踩着酥酥的花生皮蹦跳出一阵沙沙的落叶声，太久太久西拗才舍得去握住她的脚踝说，别跳了，炕快塌了。

高考一模之前，好多同学为了沾第一名的好运，争着要摸她的手摸她的头。她像打游戏关卡一样过关斩将跑到西拗身边，牵他的手。西拗却立刻弹开，她觉得他小时候躲沙包都没这样迅速过。

梦里的她终于觉得，她像是他的一场瘟疫。

梦醒来，阿星离开我。并且没再回来过。

终于有人来拯救我了。一个看起来五十多岁的女人敲我的门，大声喊着，奥奥。

男人正咬着已经放置七天的大半个雪梨，等门外的女人敲了好几分钟才极其不情愿地去开门。女人应该是被我身体里的阴潮气息给呛到，拿手掩住口鼻，又来扯开窗帘。男人刚想阻止扯窗帘的行为，但已经太晚。并且大概用力过猛，窗帘被拽下，跌在地上。光一瞬间充斥在我身体的每一寸，我感觉到救赎的力量。女人又打开窗，新鲜的咸腥奔涌进来各自寻觅陈旧的霉味做舞伴。

男人突然怒吼，"你要干什么？"歇斯底里的样子，像女人刚刚毁了他努力搭建的家。他把窗拉上，把衣柜移到窗前试图挡住那些光。衣柜被移动时，洒出了一摊阿星的日记本和相册。我第一次见到相册里面的模样。而男人怔成一粒钉子，钉在木地板上，仿佛第一次看到自己小时候的样子。的确啊，他忘记自己从前是什么模样已经太久了。

当天晚上，有个年轻姑娘来找他。这个姑娘我认得，在阿星离开的下午，她用钥匙打开我的门，我以为她是小偷，偷了阿星的钥匙。但是她在我身体里转了转，只拿走了桌上的一瓶樱桃酒。

她跟西拗坐在门口摆鞋子的地方。西拗时而盯着衣柜，时而偏过头耷拉下眼皮，呼吸着女孩口中喷薄的烟雾。

"西拗哥，你妈妈拜托我找你回家。"

沉默很久。

"我曾经爱过的一个男孩说，如果心里打了结，那就让它越来越紧，最后它只变成一个点。人生就是这一个个点连起来的……"

沉默很久。

"其实我好讨厌她。可是我，也很爱她。你爱她吗？"

哭气氤氲锁住女孩的鼻腔，她毫不掩饰地用被烟和泪夹击的声音缓缓念，"嗯对了，她有本语文书一直在我那儿，书里夹了一张写满你名字的纸。其实我认识你的名字先于见到你。书我可得留着。明天把那张纸拿来给你吧。"

"西拗的回答呢？他爱不爱她？还有后来呢？"衣柜问我。

"后来那个旧的衣柜被西拗整个搬走了，然后你才能住进来，跟我遇见啊！"

"你为什么不回答重点！"

"后来他也离开我了，我怎么知道后来。刚才我说此时此刻最重要，可是你说旧时光是比现在和未来都重要的存在。我不想初次见面大家就闹僵，所以讲个从前的老故事来讨你开心。但你居然开始追问结局，好奇后来，难道你开始觉得过去不是最重要的了？"

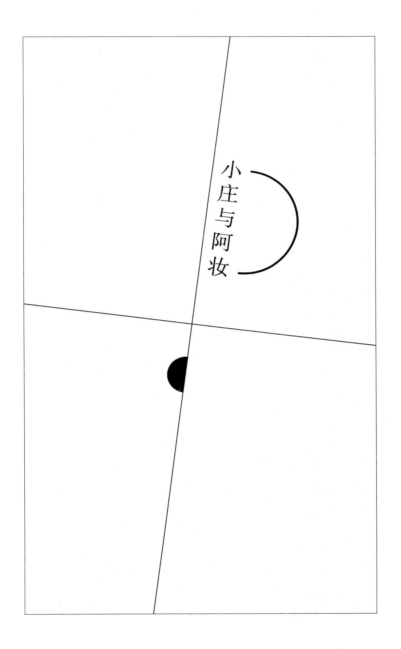

小庄与阿妆

1. 小庄

16:56。我待在这韩国料理店已等足了她二十分钟。从我特意选靠窗的座位坐好之后，店内陆续进来几个客人。都是女孩子，一拨像是四个 A 大的学生好友聚餐，一拨似乎是两人拿着别人在网上团购的优惠券来胡吃海塞。窗边的天花板上悬着一排队列整齐的贝壳风铃，空气调皮时，它们就顺势你推我攘，响得稀里哗啦。

这二十分钟间，我听了五首半的 Cnblue，瞄完了店里大部分韩文字画和杵在墙壁格子间里一动不动的小韩服人偶（真的是一动不动，我盯了她们好久）。

窗外，下午四点多的南方夕阳把几近刺眼的光落在每个路人身上。各种模样的车子来往在马路上，前赴后继地扬起尘粒，又不遗余力地碾压尘粒。马路对面有家小刺身店，我看见店里并排坐着一对情侣正浓情蜜意着。一辆公交车迅速滑过我眼前，再看到那对情侣时，刺身店亮起橘红色的灯，与外面的白光不同，它看起来暖洋洋的，不热烈，也不冰凉。这倒突然使我发笑。于是我又瞎猜，公交一定是急赶着去接下班回家的人。就像那对情侣一定表情灿若生花，也是我猜的。

交错的车子们都被我盯得生出了重影，头顶的风铃用细碎的声音帮我赶走重影，重新描好每个逐渐靠近又逐渐远去的车子轮廓。可是听久了还是腻了，这陶瓷贝壳互相击打的声音弄得我心烦意乱。我又一次收回朝向窗外的视线，低头看了看他以前送我的电子表，17:09。我承认，我等她的耐心快被耗没了。这女人，真磨人，真不知他怎么看上她的。

一个月前，我在微博上头发现她。一天前，我在她私信列表中冒泡。自然，联系她之前，我就知道她叫阿妆。不过她至今都不知道我叫小庄。

我是从他转发的微博中发现了她。那条微博是她分享的一张照片，点开，只有背影，长发被胡乱捆成一束，发梢抹着几缕粉色至粉紫，那些颜色不太安分地趴在她肩膀。她身着浅淡的绿色长 T，把右胳膊的袖子高挽起，右手被个人牵着，她前方的背景中有张 Apink 组合的海报。我通过那张海报跟老同学打听到了这家韩国料理店，在那之前，我通过他转发微博带出的一句话，意识到了她的存在。其实说来也有些滑稽，我怎么也认不出照片里面是他的手，却因为"我摄影技术还不赖嘛"这几个字而挖掘出了她的信息。

　　首先，点进她的微博查看个人资料，无奈她除了所在地什么也没填。但经过我对她所发微博的逐条翻阅，还是发现了她是 A 大在读研究生，研几暂时不知，总之不是研一。她跟我一样哈韩，喜欢摇滚，钟爱电音节奏很强的音乐，讨厌民谣唾弃文艺狗。我推测她大概比我大两岁，比他大一岁，射手座，有轻微洁癖，略喜欢看最近被网友们吐槽的一系列青春怀旧类烂片，但碍于面子从不说那些电影好看。她极少发自拍，照片都是有些另类的风景或是漂亮的吃食或是自己画的不咋地的素描。我猜她一定长相一般或者很丑，因为这年头，哪个漂亮可爱的小姑娘不发自拍上传于社交网络呢。我默默在她微博主页点了几下，成功地把她变成了我的悄悄关注。微博真好，访问他人主页也不留痕迹，还能悄悄关注对方而不被发现。嘻。那个时候我真是又感谢微博又自鸣得意来着。接下来就是坐等她发些有关他的蛛丝马迹啦。可是接连两周，除了我等待得心急火燎，她的微博并没有任何动静。我仿佛掉进空间裂缝中，钻入到了另一个平行空间里。当然了，我终究是耐不住性子又点进她主页看了四次，三次无果，最近一次发现她赞过的微博中多了两条。一条是个博主发的不知所云的日语，一条是一个美剧的剧透。想来，前者应是她手滑所致吧。

　　这两周里，他倒是发了不少微博，且条条都有关于她的痕迹。他的微博大多发在傍晚，这让我悲伤地发现他跟她住在一起了。有些白天的微博，他经常变着花样地说想她想见她，然后艾特她，她却很少回复他，偶尔回一下仿佛施舍一般敷衍地点个大笑的表情再发送评论。我替他感到不平，却又借此安慰了知道他们同居的自己。

17:32。一个背荧光绿双肩包的女孩踏入韩料店。对，就是那种拿余光去瞟都会刺瞎狗眼的荧光绿，像小学时候用过的某种颜色的彩笔，蜡笔可没这种色。我稍阖了会儿眼皮，微微缓解下被闪瞎的瞳孔，没想到一睁眼，荧光绿已摆在我面前。我有些吃力地把惊容藏掖到笑脸里。

她妥帖地在我对面坐下，招呼服务员拿来菜单，貌似连服务员都认识她，她一定是这店的常客。我的老同学果然没在蓉城白瞎三年，蓉城里大大小小好吃的饭店餐厅，他几乎都知道。我向他请教的结果应该没错，这里就是苟旬跟她常来的韩料店，不过今天我来时通览店内都没看到 Apink 的海报，还以为整错了。我选择这店约她见面是有深意的。自打从微博上获取了她的喜好信息，我就更加坚定自己不远千里只身跑来蓉城追回他，是正确的。她跟我所喜欢和所讨厌的事物都太相似了，我没法并且不得不认为苟旬是找了一个我的替代品。还是个比我老两岁的替代品。与年上的赝品分道扬镳，跟年下的正品双宿双飞，有何不妥呢？应该称为太尼玛正确了。

我一定要清楚地告知她替代品的属性。我要告诉她，在之前的三年里，苟旬为了迎合我的喜好，跟着吃了多少次部队火锅，勉强听了多少首韩文歌，坐立不安看了多少部爱情电影。而这些行为，他现在都搬到你的身上。你以为他是在对你依顺对你好，但那仅仅是因为你只是一个投影，他对我的放不下犹如一簇阳光一样照到我们俩的回忆上面，而他恰巧在此时看到了回忆投影出的你，你，只是我的一个影子。在他心里，你是我的替代者。

在跟她约好见面的昨晚，我就一直把这段话搁在心里叨叨。叨叨导致失眠，于是今天戴了一天的眼袋。看到她如此靓丽地峭在我对面，我真后悔自己没有事先贴一张"SK-II前男友面膜"再出来见她。原来，她不丑甚至长相透着清秀可人儿。对于这点，我推测错误，不免小失落。失落间，她已点好了自己想吃的海鲜年糕和冷面，把菜单推给我。其实我特别想吃部队火锅，等她的这个小时里，我被周围的部队火锅味道诱惑得快不行了，可是跟前任的现任一起夹着同一个锅里的食物吃，画面也是蛮醉人的。我挑了一会儿，旁边杵着的服务员已经有些不耐烦，在老客与新客之间稍露愠色。我便随便点了个鳗鱼石锅拌饭。

我们都不开口互相说话，她只好奇地看我，眼神里泛着股疲惫的友善。我垂眸眨眨眼复又直视她，落日余晖穿过玻璃爬到她左侧，将她的一半轮廓漆上一袭柔暖的金衣，我这才发现，她剪短的头发闪耀着暗暗的紫，潋滟如无底湖顶的波。

没想到是我的拌饭先上来，我以为会是冷面快一些。蒸蒸白气被撩烫的嗞啦声推向高处，融在我俩之间的空气里。未等朦雾融尽，我问她：“你怎么一下就认出我的？”

“耳钉嘛！我看到你微博晒过一样的耳钉，阿旬送的是吧？还有手表，我记得也在你微博里看过。”

我略略点头，“还没自我介绍呢。我叫小庄，属猴，二旬的大学学妹。”我感到“小庄”两个字从嘴唇边秃噜出去的时候，自己心里一颤，如同大二夏日的某天，苟旬突然出现在我身后，朝着我耳后呼气，吓得我一抖。此刻是紧张吧，紧张于她知道我名字之后的反应。

“我是阿妆，你应该已经知道的。”

她的脸看不出我所期待的先惊讶再落寞最后掩饰慌张的表情，她只是偶尔盯一下桌上的拌饭。“啊，好久没吃石锅拌饭啦。”她像是自言自语，边说着边四周搜索服务员，企图拉过一个忙嗖嗖的服务员，催一催冷面。但无果。她突然使劲儿用良善的目光瞅我，“我实在太饿了，做了一天实验没吃饭，我能先吃你的拌饭吗？”

我又吃力地藏着惊讶，把饭小心推到她近前。店里的客人越来越多，那些部队火锅的香味儿像是被下达了命令一般，不断地钻到我鼻子里，特别认真地完成着任务，让胃酸狠狠刺划我的胃。早知道她这样放得开，我就跟她一起吃火锅了！真悔不当初。

然后我吃了冷面，我跟她一起吃了海鲜年糕。那些我想说的话，被重重食物压到了胃的最底端。我能感觉到，我吃一口，那些字句就多承受一份沉重，可就是因为越来越沉重，我越来越说不出口。我只是默默地吃，她时不时问我来的这段日子有没有去熊猫基地，去宽窄巷子，有没有吃冒菜吃脑花，吃兔头吃牛蛙。我又被她后三个选项的吃食给惊到。她真是给了我太多的出其不意。

可明明是我想让她始料未及。

我看到窗外一群树的叶子被车携带的风刮落，这座城的春末，渗出一种繁华的荒芜。老同学曾告诉过我，这种边生出新的绿叶边掉下旧的黄叶的树叫做黄桷。而我觉得黄桷树这样的方式挺残忍的。硬生生让枯去的叶子被抛弃，还逼着它们眼睁睁见证新鲜枝叶的成熟。

明明没喝酒，可我的脑袋开始胀疼。邻桌的残羹飘来熟悉的香味，男孩子说，不知道这有什么好吃的。女孩子温柔地瞪男孩，说吃撑了走不动，要男孩背回学校。恍惚一刻，我仿佛看到了那男孩有着苟句一样的脸，而女孩狡黠的笑容好像我。

我终于把那些肚子里尚未被消化的字句提拉到咽喉，我望着邻桌情侣的背影问她，"阿妆，你知道我为什么一定要约你见面吗？你知道我为什么一定要约你在这家店见面吗？"

蓉城的盛夏真不是盖的。我醒来发觉身上覆了层淋漓的脏汗，厨房里传来炒肉菜才有的嗞啦声。声音渐消逝在另一种锅铲和盘子的碰撞声里，然后我慢慢打开眼，看到苟且无奈的目光和上挑的嘴角。原来睁开眼，也能置身梦境。但幸福的是，这一切都不是梦，他身上特有的家一样的味道，是油烟气味所掩盖不住的。

我老同学"无意间"对他说起，我为了挽回他而错过了一直钟意的邮轮公司的招聘，甚至放弃了当海乘的愿望。他知晓后，连打游戏的时间都省来陪我。

不过奇怪的是，他经常看着同一部美剧，看到睡着。他常常在清晨放起《他妈的》，单曲循环一遍又一遍。他不再肯陪我吃韩料，陪我听 Cnblue，更不会陪我看他定义的烂片。最最让我神伤的是，昨夜他跟同事聚餐喝多归来，把自己堆在沙发一角，狠命地捉着我的手，一次次地念着"阿妆，阿妆"。他身上的家一样的味道被酒气抹除，我盯着自己被他捏红的手腕跟指节，感到头皮内似乎有千万支针尖在向外刺探着……

2. 阿妆

二胡在实验楼下等我。我从五楼的窗口探出头，风赶来把长了一截的短发糊了我一脸。在发丝间缝里，我瞅见二胡手上的白色塑料袋。兴奋地打电话让他上楼来，由于太激动，胳膊肘沾上了 PVA。胡乱抹到实验服上，溜到高高塑料板的背后。辛苦与教授打着游击战，本计划在实验室再来一发偷吃东西的刺激，结果二胡上来我才发现他拿的白色塑料袋里不是刺身。

而我明明告诉他，一定要买三文鱼刺身。

自然，又一次吵架是在所难免的。原来不知不觉，我脾气变得这么暴躁。每当这时，每当我跟二胡吵架时，我总是分外想念从前和阿旬在一起时的自己。和阿旬在一起时，我总是温柔的。后来想想，那种温柔也许是阿旬的体贴孕育出来的。阿旬离开了，也带走了我的温柔。但从什么时刻开始，我就不喜欢他了呢，我不清楚。或者，是不想清楚。

在实验室吵嘴，是不体面的。我骂了二胡几句便觉不妥，于是把袋子连同里面的凉皮鸡排卤肉卷扔出五楼。几乎没听到什么破碎的声音，我觉得它们摔到树丛里草堆里，应该不会太疼。二胡拿不可理喻的眼神望我，望得我心上好像流过一束清冽泉水，冰得冷意麻痹了整个心。他头也不回地转身走了，这一瞬间，我多希望他走了后再也不会回来。我就再也不用见到他。

不知别人会不会也有同样的感受——很深很深地深爱着一个人，却偶尔有某些时刻想要他死掉，毁灭掉，好似他消失才是对彼此最好的解脱。有一次我跟二胡做完爱，他摸着我头发，这样跟我说。我很累，连想扯开他抚我发梢的手都没有力气，我就只问他，那你现在想我去死吗？他没吭声，隔壁宾馆房间里传来辱骂声、尖叫声、哭喊声，如同相爱相恨后的诀别。后来我睡着了，不知道二胡究竟有没有回答我。这种言论大抵刚好能够解释，我此刻想让他再也不回来的心情。可是，我爱他有足够的所谓很深很深吗。

与阿旬分开后的难过，大概展现在拒绝二胡的追求。一拒绝就是三年，在我保研本校成功后，可能喜悦冲淡理性的光，我才答应跟二胡在一起。不明白有什么力量支撑二胡喜欢这样一个我喜欢这么多年。后来阿旬大学毕业回来找我，我甩了二胡跟他在一起后，我向他随便聊起这件事。阿旬说，他知道那是什么力量。到底是什么啊，我问他，他说以后再告诉我。他一定没料到，我们根本没有以后。起初，我也没料到。

那段谜题跟一枚白果似的，被我们碾入回忆的土壤里。也许再回首，往事包裹着它，已长成参天大树。枝繁叶茂得令人觉得是幻象。

三年来我对阿旬的执着也是一种幻象。

当幻象开始慢慢瓦解直至崩塌的过程里，我越来越依赖二胡。他比我大五岁，认识他时，他还是我大物重修课的助教。而今，我都已是大二小崽子们的助教了。

他说他在蓉城持续的日子像是简谐振动的平面图像。我不明白这句话是对我故乡的喜爱还是厌恶。只是，他所来自的那座城，是阿旬奔赴的那座城。大多时间跟他在一起，我都在问那座城。大到文化经济，小到邻里性格。我变得关心那座城的天气比关注蓉城的天气多得多。然后又变得什么都不上心了。

阿旬复读了一年后，仍旧没能考到我所在的大学。有些时候弄不懂的事情可真多，比如高中三年，阿旬的成绩比我的都好，为什么高考他就会落败。而我毫无悬念地被 A 大录取。我曾慌张极了，担心阿旬的分数比我多很多，担心他跑到帝都留我一人守在蓉城。我实在害怕他抛弃我。被留在原地的那一个，不就是被抛弃的那一个吗？

但后来，我一直留在这里，阿旬却用断断续续的声音砸向我，阿妆你从来都不珍惜我，是你抛弃了我。

我很讨厌身边的朋友或者家人说我不珍惜他们。怎么做才算珍惜呢？我怎么就没有珍惜呢？二胡的话就好听多了，他说，他想要一直一直珍惜我。

跟阿旬没能走到以后的原因，大概要算上他不喜欢我清晨放歌这一条。他不喜欢我钟意的那些歌儿，他觉得那些歌儿太晦涩阴郁。他说我变了。变得跟高中不一样。这简直跟笑话一样，我 TM 都二十五的人了，还会像个二八小少女吗，还会整天看狗血韩剧蹦跶小泪珠吗。

阿旬就是这样，他不喜欢，他不想接受，他就说我变了。

其实我变了，也是另一种定义里的没变。

他总是温柔地说些残忍的话，让人不好发作。每当我生他闷气，我就放一首《他妈的》。其实也没多喜欢这首歌，我只是想对阿旬骂一句歌名。正是因为骂不出口，才会积累这样的任性吧。

阿旬有时候像蓉城的冬天，处处散发着一大片一大片冰冷的绝望，潮湿的寒意沁到骨头里，让人发抖，牙齿们奏出乐章可依旧恐惧从此再无法与冬辞别。可我还是不得不爱蓉城，因为他是我的故乡。

二胡很神奇。他好像总能第一时间知晓我的情绪变化，感情动向。阿旬从屋子搬出去的下午，他就立马从双流机场奔到我旁边。我说，你五一不回家啦？他说，请让我住进来照顾你吧。

我还是拒绝了他这个提议。但是没拒绝他想重新当我男朋友的愿望。三十岁的人了，竟像个分到糖果的小孩子一样。我讨厌他这种类似故意的欣喜若狂，却又充分享受着这种内心的讨厌。也并不是只有阿旬才有那么痴情的女孩儿在等他，我也有专一的二胡在守着我啊。我不知自己脑袋里怎么忽然闪过这样的想法。这个想法让我开始恐慌，开始恐慌在屋子里再闻不到阿旬身上好闻的味道。

他才走，我就开始怀念他抱着我，我身上沾了他味道的感觉。我安慰自己，二胡身上也有好闻味道呀。另一个自己皱眉，用怜惜的眼神看我，"可，阿旬身上的是费洛蒙味儿，二胡身上的是洗衣液味儿……"

那个女孩说她叫小庄。她约我见面的地方，是当初我和阿旬常来吃的韩料。就在那之前的一个月，阿旬还硬扯我来怀了一把旧。那时候我还没剪成短发，他超喜欢轻轻拧我的长发，两绺头发打一个结。然后他总是嘀咕，为什么结老是散开呢。

我说我头发丝儿太软太顺了，不行的。

阿旬说，那我要驯服你的头发丝儿，连你的头发都听我话了，你就不可能离开我了。

为啥子，我问。因为你的小辫子在我手里啊瓜娃子。阿旬说这话的时候才像极了瓜娃子。

跟小庄见面的前一天，我特地把头发剪了把粉紫换成暗紫。我想让自己看起来不像自己。也许自己心里都在暗示了——跟她见过之后，你会变得不一样。那就提前一点吧，没理由让决定权在别人手里。

我收到她私信后打翻了本科生的研钵，据说那是他们最后一组实验，他们要早早做完毕设跑去实习的。我对在他们前程的路上播了一段小插曲而感到抱歉，但我没想过为了弥补他们去帮他们做实验。算他们倒霉吧，遇到我这样的师姐。

我翻她的微博。翻到一张他送她的耳钉的图片，很漂亮。我没有扎耳眼，我想，如果我也有耳眼儿，阿旬会不会也送我一对那么好看的耳钉。见到她的时候，我靠耳钉认出她，于是我又在脑里问了一遍另一个自己，"如果我也扎个耳眼，你说阿旬会不会送我个更美的耳钉呢？"

我感觉自己很恐惧小庄预谋要说的话，同时我又是那么期待她快点说出那些话。她果然说了，说了很多很多。多到我几乎记起与阿旬所有高中的回忆。她说的那些事情，都是我与阿旬曾一起度过的点点滴滴，我像在面对一个从前的自己，仿佛是失忆多年后终于记起了自己曾经的模样。她让我重新阅览了自己的曾经，如同再次翻读一本皱巴巴的旧书。而书读到尾页，结局呼之欲出。

年少的我坐在我的对面，让我离开阿旬。年少的我对我说，你，不过是我的影子罢了。

之前看过一个写兔子故事的作家说——我们之间最大的情敌就是从前的我们。

我如何能敌得过她呢。

那晚，我回到屋子，打开电脑随便挑了个下载好的电视剧来看。我知道自己不是在看剧。可是空白的脑子需要画面需要声音去填充才能显得我没那么无能。然后阿旬加班回来了，他走过来，拿满是灰尘和带着外面细菌的嘴亲我的额头。我那时就只是想，还好他没亲我的嘴唇。

他说，你怎么又看这部剧啊，都看了多少遍了。可我明明记得这才是第二次看。但我没做无意义的反驳，我问他，你觉得奥丽芙（Olive）的老公是爱她比较多还是爱丹尼斯（Denise）比较多？他疲惫地答，我爱你比较多。

阿旬收拾行李之前在屋子里赖了九天。整整九天，他不上班也不出门，任我怎么放那些他觉得阴郁的歌，他都没意见了。我突然想到，原来阴郁的歌往往都是有隐喻的。

大概是我用九天决绝的表情击垮了他心中对我最后的一丁

点儿不舍。他又一次说，阿妆你从来都不珍惜我，你抛弃了我。他上一次说这话的时候，是他离开蓉城去另一座城的大学。可能那时候，我脸上的决绝跟如今没什么不同。看啊，有些东西是人骨子里变不了的。

那年夏天，骑着自行车追在他离去的出租车后的我，直至追到机场也没被他发现。我已经不愿意自己立在悲伤中目送他离开的桥段再发生一遍。

我只是想要唯一的安全感。就像我们高二那年地震时，阿旬逆着逃出教室的人群跑到我面前，握住且只握住我的手的那种安全感。我想，只有二胡能让我不去患得患失。尽管他对我的所谓安全感嗤之以鼻。二胡说，小朋友啊，安全感只是自己才能给自己的幻觉。

可对于有些人而言，幻觉才是更重要的真实存在。

二胡又在实验楼下等我。我对着手机话筒吼他上来，他说你们楼里的味道太迷人，怕被诱惑晕倒。我不明白，明明我对他那么凶，他为何还卑微地跑回来。

电梯显示1层到了。走出几步，二胡已经转身面朝我对我微笑。

刺身买来了，他提起袋子跟我邀功，又指指草坪说，垃圾也处理到垃圾箱了。

蓉城的夏季是不停歇传播一簇簇热烈的蒸笼。人们的忧伤气愤胆怯麻木以及后知后觉的不甘心化成的汗，仿佛怎么也蒸发不进闷潮的空气里，只能裹住身体，蒙住心的眼睛。

但我想，我还是喜欢热烈，喜欢夏季。尽管，我不爱。

3. 小庄

怎么也搞不懂，短短几个月里，她究竟用了何等段位的迷惑汁把苟旬灌得神魂颠倒。我跟他可是将近四年的感情摆在那儿，他居然喝醉喊她的名字。这件事像粒小木屑刺进我手掌，但我没有胆量去质问清醒后的苟旬，久而久之，木屑仿佛溶在手心，变成颗轮廓模糊的痣。是的，它没被挑出所以一直在那里。

在痣生长的过程中，我又点进阿妆微博重新设置悄悄关注。她似乎性情大变，一天发微博的数量比以往几个礼拜都多，还常常跟她的新男友秀恩爱。所以她能有多喜欢我的二旬啊？这么快就找好下家了。她有时会刷屏，搞得我现在玩微博都要背着苟旬，以免他发现我在关注她。苟旬已经对她取关了，不知他是否跟我一样，对她是悄悄关注。

自从发现她微博分享了很多苟旬常常听的歌，我就鬼使神差地听遍了她分享的歌，甚至一些小视频。我拉着苟旬一起去吃她称赞过的饭馆们，一起去她定位过的公园们散步，像故意讨好苟旬似的。我觉得自己只差一步就进入疯魔。

心里往往是焦急又惶恐，连午睡都做同一个梦。梦是脑袋里排练着一场幼儿园时的戏，我看起来那么小，比周围小朋友都小，大家比赛沿着绘画本上的图画来描边廓，我总是最先描好的那个，举起瘦胳膊洋洋得意的神情却好让人心疼。

然而我仍然沉溺于她的微博图文。像迷恋一种能令人上瘾的食物。也许不是，我是迷恋苟旬的那种表情，就像我每次陪他看美剧时他的表情。那部剧我看得心不在焉，却对那个弹钢琴唱歌的女人印象深刻。她似乎置身于何时何地都可以弹着琴唱着歌，餐厅可以，宴会可以，养老院也可以。她从长发飘然唱到金发褪色。我想，她得有多爱啊！

老同学吃火锅吃撑，结果上吐下泻住到医院里。他还有气力开自己玩笑，"想不到我纵横吃货江湖这么多年，还是跌进水里，把鞋打湿了。"

我没接他话，照顾了他一天，累得我眼皮都泛酸，只等着苟旬来接我回家。算算时间，他应该还有十几分钟才到，我就在医院走廊里瞎转悠看墙上的预防甲流小贴士。甲流都是多少年前的事儿啦，这医院还不把壁板换掉，我正这么在心里乱指责时，不远处有熟悉的声音冲进我耳膜。

"他怎么搞成这样？"

"我太生气，把他从二楼阳台推下去的。"

"噢。还好只伤到腿，打几个月石膏应该就好了。"

"你是不是特庆幸早就跟我分手，不然现在躺在那儿的可能就是你了。"

我赶忙奔到苟旬身边牵住他的手，我不知自己在怕什么。没等苟旬介绍我或者她，她就开口笑。"你女朋友？"她像没见过我一样，在苟旬点头后跟我打招呼说你好，后面她说了句什么，我没太听清。

　　下降的电梯里只有我和苟旬，他却一句话都不说，他学我。在闹哄哄的夜色里，他靠近我，近到几乎嘴唇贴着我的面颊，说："其实，她是我前女友。"
　　我知道自我心里暗示没有听清她后面说的话，实在太蠢笨。她说得那么清楚——你好，我是阿旬的高中同学。
　　但我多希望我不用看清所有事物的全貌啊，我多希望苟旬没有最后再诚实地补上一刀啊。我松开他的手，才发现手心的汗都是冷的。

　　天还未全黑，街边的灯却突然都亮了。一瞬间，高悬成海鸥翅膀模样的路灯，把我眼前尘埃的形态来了番淋漓尽致的展现。

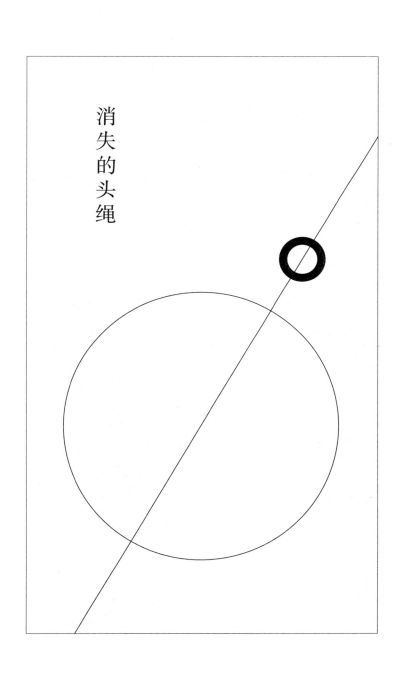

消失的头绳

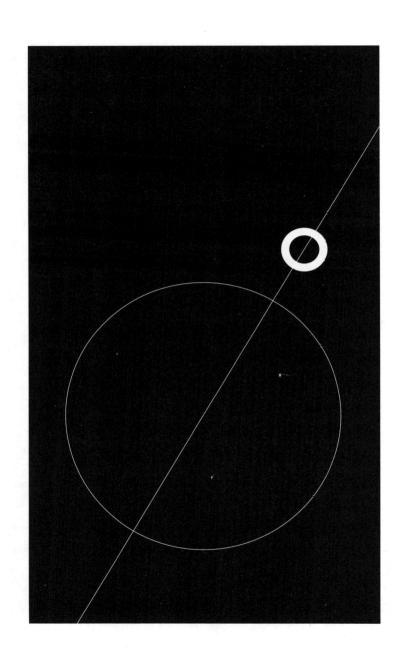

1.

"嗯！当然特别后悔。"这是我向遇到的第117个魂表达自己的懊悔之情。

的确，对于自己在湖边玩耍不小心踩到青苔滑跌进水里结果溺死这件事，我埋怨了很久。可事实上，一开始我并没有很不甘心就这样变成魂。然而在讲一百多遍"很后悔"的过程里，我似乎真的越来越觉得死得挺冤枉。

我不喜欢这种感觉。像是一队旅人接踵而至，每个人都在我脚边丢下一块砖，再逼迫我站上去，砖越垒越高，我发现自己已没法跳回原地。

所以我不愿意再跟魂们客套交谈，不愿意再用讲出悔意来回馈他们感叹出的惋惜。死后的时间已将近一年，我渐渐都快记不起暗恋的男生的样子，记不清之前教室和寝室的楼层，可我还把死的时候发生了什么记得那么清楚。因为他们总是问起这个问题，让我把死亡深刻了一百多遍。为什么要将不开心的事情记得牢固，而忘记美好的事物呢。我才不要。

我问酶姐姐，如果有魂再问我怎么死的，可不可以不回答。酶说，不可以。

她说，这就像我们活着的时候和别人打交道，熟络之前一般不都会问对方从哪儿来的吗？那些魂是想跟你做朋友所以问你怎么死的。你要友善，耐死一点儿。

我偏过头翻了个白眼：我以前跟人交朋友也从不问她从哪儿来，而且你为什么从不回答别的魂自己是如何死的。你也不nice啊！当然这些只是我心里OS。

但我也没听她的话，我一点儿也不想耐死。后来到我们这一片儿的魂们遇到我之后都会跑去别的老魂那里说我很高冷。

原来魂圈跟人圈一样不好混。不合群的人死后如果变成魂，一样还是不合群。

2.

酶是我死后见到的第一个魂。在我发现自己蜷在粘满青苔的大石块之前，我先发现的是她。她盘腿坐在不远处的另一块青苔石上。油腻的刘海儿，苍白的脸，矮辫子顺着脖颈斜垂到左肩下方。于是，我还看到了她的左边肩带掉在白T恤袖口外，以及她两只胳膊上泠泠作响的手链们。各种样式的被阳光照得亮盈盈的手链们在她俩小手臂上铺满一排，这让我一时没去在意她的美貌。

眼瞅着有两列晃眼的清脆慢慢靠近我，在那阵悦耳声止住的同时，一个略微沙哑又软糯的声音显得很高兴地响起："终于逮到接班人了。"

接班人？这位姐姐是少先队队长吗。而且她把逮字讲成 dei（三声）。不知不觉我竟大笑起来，尽管这时我知道自己已经死了。深更半夜，周围没人，掉进湖里，不会游泳，越挣扎却越把自己往湖心深水处推送……不死会很神奇的。

"什么接班人？"我自己的大笑让我忘记问她我的尸体是不是还在湖里。

酶说喊她酶姐姐，还说，我们死后尸体没被人发现所以成为魂也只能留在死的地点附近，不可以随意跑到远的地方。她说，现在你可以自由活动的范围是方圆百米之内。

我之后才看出她手臂上是一个个带有漂亮饰物的头绳。因为她告诉我，每拾到一根头绳，活动半径就能往外增扩十米。今后她不用再捡头绳了，她逮到我这个接班人就可以监工我捡头绳。

我快速估摸着自己的能动范围，以前考试打小抄时都没有这么速度过。然后我看着这片人工湖便整个懵逼了。

我赶忙用眼神捉住酶要走的架势，拿手指轻轻戳起她手臂的头绳，"哇！好漂亮啊。"

"我看上的，能不漂亮吗！"她苍白的脸上嵌着小得意的眼神。

"那是那是。但也没有酶姐姐你漂亮！"

"我靠。你嘴甜是天生的么？"

"没有吧。但我每次遇到长得好看的，都会情不自禁说大实话。"

我只是觉得在这湖边很难捡到头绳，所以想要她先给我几个。但她虽然 get 到了我嘴甜的原因，却没有给我头绳。她提起右胳膊，在一堆乱七八糟的塑料水晶金属之类的碰撞声里拿手指梳了梳油头，"你可以偷。但只能在人们不经意之间，把那些不被在意的头绳拿走。"

那一刻我瞬间想起活着时，我那些经常不翼而飞的头绳。酶走出一段路后复又折回我跟前，说，每天我都会检查你当日的成果，还有，那些你拿走的头绳隔天就得放回去，最多不能超过一周，必须给还回去。

嗯，怪不得当时怎么也找不见的头绳最后都会莫名其妙地再出现。我想。

3.

酶比我早死两年，实际比我老九岁。我去世的下个月有我十七岁生日。她死在哪儿我不知道，但是我死在她大学母校旁边公园里的人工湖。

秋天戴着夏季的面具潜入我们身边，叶子比人类敏锐，先一步感知到了秋的靠拢，一部分叶子开始发黄甚至脆弱又理所应当的被大风扇落，而人们还赖在这佯装的夏里面，迟迟不愿出去。多亏了这些掩护，湖边的白昼依旧有络绎不绝的小情侣们，我也得以顺走些头绳。还没到深秋，我就能撒欢跑进旁边的大学校园里，兴冲冲当酶的跟屁虫。

我喜欢酶，不单因为她美。我可没那么肤浅。但要让我道出别的原因，我又讲不出。好吧，我就是肤浅。

她说喜欢跟我待在一起，是因为我没有那么多为什么。嗯，我也自认为这是我的一大优点——不瞎八卦别人的事情。但其实，我是怕她反过来问我一些我不想回答的问题，所以才从不询问她的故事。

可她总有一大堆故事等着我听。她给我讲她好多任男朋友，怎么相识到如何分手。那些精彩程度可与言情小说类比的恋爱过程，我总是会把它们跟看过的小说弄混，不记得哪一段是小说，哪一段是她的故事。可是每个故事结果都是她跟某个男人分开了，不论当时他们还是否爱对方。于是我听完都会心塞好久，并且把心塞的情绪裱在脸上充进眼睛里。

几次过后，她大概是不忍再直视我的一脸丧，说，我以前也跟你现在似的，看到个无疾而终的哀伤散场就跟着伤春悲秋。但后来我明白了啊，那时候我之所以可以为无数个故事里相爱却分手或不爱而分道扬镳的情节去惋叹，正是因为我还尚未经历属于自己的爱恨情仇。等我谈过几次恋爱后，回头看看就发现有些离别就是必然的，比氧化还原反应里氧化剂会得电子降价更必然。

我装模作样上下点头，装成自己听懂，但其实我意会到，原来爸妈阻止我想在高三从文科转到理科是对的。虽然我实在背不了历史，但我也学不会化学呀。

在她讲过的众多男友里，我只记得一个，因为她和这位的分手理由太奇葩了。是因为这个男生雅思考了 7.5，大半夜止不住的兴奋在宿舍楼道窗口大喊，恰好窗口对面的宿舍楼里某层住着酶。她嫌他吵到她睡觉，就把他给踹了。

真是心疼这位前男友。

但她说，吵醒她睡大觉的人统统都是坏人。有时候我觉得她比我还幼稚。也或者，是我幼稚到没有理解她的成熟。

4.

在我迎来作为魂的第一个冬天之前，湖边来了一个想自杀的女人。当时，她沿着湖边来来回回踱了很久，岸沿儿湿润的泥土都快被她碾成一大块硬砖。我盯着她自然是为了拿她手腕儿的橡皮筋，尽管她这个头绳毫无美感但至少能让我再朝家的方向靠近一百米。直到她的身体与水摩擦成"嗵"的一下，我才明白她是要自杀。极度慌张四处乱跑终于找来酶，我俩回到湖边时，女人早已被旁人救起，秋的长鞭蘸着冰冷湖水将她打得瑟瑟发抖，她在颤抖里被旁边的陌生人护送走。

我愣了多久我也不知道，因为忍住不哭实在太耗费精力。也许太久了，酶摸摸我脸说："以后再遇到这种事情，也不要找我了。我们是已经死了的，我们没办法改变的。"

她真残忍啊，她难道看不出我想起了也同样在这湖里挣扎过的自己吗。只不过我挣扎的时候不是白天，只不过，我缺了一点幸运，多了一份她说过的必然。

那女人被救之后的脸看不出庆幸。这事过去好多天，我仍会想起她的那种表情，连带想起一个酶提起过的女人。

她小时候住的地方一条街都是矮矮的平房。整条街的邻居都互相熟识。每家每户都好像彼此之间没有秘密一样。有天，这条街的最边上一户住进一个足够所有人八卦一周的男租客。她当然不关心男人的八卦，她只关注男人家里还有没有零食。这个男人对每个人都憨憨的，她每次从他隔壁的隔壁跑去找他，他几乎都会塞给她几块玉米味软糖或一包虾条之类的零食。他的到来，让她期待起傍晚的夕阳，因为当夕阳下端贴着地平线将落未落时，男人便会下班归来。她在街口水泥地上用从讲桌里偷走的彩色粉笔画大大的跳格子，等着太阳落，等着零食来。男人偶尔还会跟她一起跳格子。皮鞋掷地的声音跟她白布鞋胶皮底与地的撞击声是那么不同，她站在街边灯下严苛地监督皮鞋有没有踩线，偶尔会听得入迷。

后来男人结婚，鞭炮声汽车声缠作一团，不停溅入她耳朵，震得她觉得房子都快倒了。这次男人不只给她一个人糖了，但给她的还是最多的，一大袋子，她小手抓几把都抓不完。男人说这街里就她一个小孩儿，当然要给她最多糖。她听完，感到无比开心。从前她孤单单没有小伙伴一起玩耍的不开心此刻都赶来助威她得到最多糖的开心。可当糖吃完，她还是失落起来，由于再也等不来零食，也可能由于再也听不到皮鞋在水泥地上的蹦跳。

她说，好像从没见过男人的妻子笑过。她不明白他的妻子为什么要嫁给他。而且无意中，她曾看到男人对妻子家暴。那天她家水管裂了，妈妈喊她去隔壁提水回来。她没听话，去了男人家找水，然后隔着浅蓝色的玻璃窗听见女人头被撞在墙上的声音。她至今也不明白，能够跟她玩跳格子玩得那么开心的人，竟然也能那样恶狠狠。

而我想知道的是，他妻子会不会和这个想自杀的女人有着一样的表情。

5.

时间跑得飞快，这不，转眼我也死掉快一年了。在同龄人都坐在考场做高考真题的时候，我早早躺在大学校园的草坪上看风筝飞。

"我竟然有种优越感。我比他们都早一步。"我朝酶懒洋洋地说。

可她好扫兴，"哦，你比他们早死何止一步。"

我侧过身背朝她生闷气。灼烈的太阳光逼我慢慢眯起眼，躺着的她突然坐起来。

"我们看见风吹来，我们听见云散开。好像再没有什么能伤害到我们似的，好像我们再也不会痛了似的。可是为什么，总觉得少了很多呢？"

"也不知道究竟是少了什么，哈哈。"她又笑起来。她这个神经病，我都快被她说哭了，她倒笑了。

我一个咸鱼翻身的姿势凑近她右手臂，把她搜刮来的头绳一把拽下来。

我说，你不能这样，说好的一周之内要把头绳还回去。我替你还回去！

她急了，反正这些都是不被珍惜的，在我这里，它们才会被珍惜！

我提高嗓门，你怎么知道不被珍惜，指不定它们的主人正疯了一样找它们呢。

如果当初有珍惜，还会被我拿走吗？

我俩冷战了两星期，我以为会是话痨的她先来找我这个小跟班，但结果是我太讨厌孤单颠颠儿地跑去找她了。

找到她时，她正在图书馆旁边的大树下乘凉，两条手臂光光的，比脸还白。我小心翼翼地坐到她旁边，问她手里的扁平铁盒子是什么。

她说是某个男友经常抽的雪茄盒子，里面有股巧克力味儿，所以她特别喜欢一直没扔。她还打开让我闻，我赶紧点头笑着说果然有种巧克力味可真好闻呀。

实际上，我什么也没闻到。魂的嗅觉会随着死亡时间的增长而退化，这是我渐渐闻不到食堂的饭菜香所总结出的。她比我死的久得多，我都闻不到，她怎么可能还能闻到呢？但我没戳穿她，我不想再冷战一次。

这次给你讲个我朋友的故事吧，她说。这个朋友叫有核，她强调说。

有核跟她男朋友 K 的相遇很戏剧性。两人一开始是在大学老乡群里认识的。原本 K 有女朋友，小 a。那时候他们大二啊，课暴多。恰巧这个小 a 有个礼仪兼职需要翘一整天的课，又找不到人替答到，于是乎就让 K 帮忙找。对啊，你猜到了吧，有核就是 K 在 QQ 群里找来替小 a 答到的。她大三，汉语言文学专业的，那天闲得都不知看哪部电影好了，正好看到群里有人挥一百块大洋招替上课喊到的。也是有缘啊，两人都没见过面，老师喊完小 a 名字，有核举手说"到"，K 才知道身边坐着的女生就是需要他支付宝转账一百元的人。他朝她笑，亮出手机上自己的 QQ 昵称。有核可能被 K 在课本扉页的涂鸦吸引了，总之她答到之后也没走人，并且一天的课都换着教室坐在 K 旁边。两人简直用一见如故来形容都不够贴切，在字条上聊得不亦乐乎。

"她不知道 K 当时有女朋友吗？"

"不知道。后来她持续关注他人人动态才知道的。"

她知道后就不主动找 K 聊天了。然而一段时间后，他俩又在超市碰到。K 问她为什么不理他，K 说他已经跟小 a 分手了。

他们去冷饮店聊了更多，接着 K 被社团的人打电话叫走，落下了钱包。有核去还钱包时，K 说，你能把钱包还给我，但是你能把我的心还给我吗。

"太肉麻了吧！"我简直听不下去了。

"可是有的女孩子就吃这一套啊，比如有核。"

K 还把他们之间的故事细节改编成漫画，每周画几格送给有核。在画到一半时，有核终于答应 K。两人一直走到现在，前几天已经开始商量厨房贴哪种瓷砖了。

"浪漫吧？"酶问我。

"嗯嗯，你朋友有核真幸福！"

"哈哈，那个小 a 就是我。"

黑线。一万条弹幕在我脑门前奔腾而过。空气里凝着尴尬，如同雾一样抓不到又散不开。

"有时候就是这样，我们总有做配角的时候，没得选。"她说。她用没所谓的神情，连目光都透着嘻哈。

我突然也想跟她说一些事情，但我不确定能像她一样用平静的语调去陈述。

"其实我是自杀。其实我死不是意外。"我说了，我竟然说了，语气听不出波澜，我自己都惊讶。

我等了很久，可她都拿沉默来堵塞与我之间的对白。我想站起身，我想如果我还活着那么腿早就麻了。

"有一年春天，某个凌晨。我经过实验楼看见一个男生坐在六楼窗框上，我知道他是想往下跳，我想跑去找人，可我不知道怎么找，我也怕在我找人来的途中他就跳了。我还没纠结好，他身体就落下来了，特别快。快到他的魂都站到我旁边了我还没反应过来。我就那么眼睁睁地看着他跳下来。"

"我陪他的魂坐在地上，守着他的尸体等天亮了人们来发现。"

"四周好安静。然后鸟开始叫了，我知道天马上要大亮了，尸体被人发现的那一刻他也会从我眼前消失，去到另一个地方。我就说啊，对不起，没能阻止你。"

"他说，我们学校每年都会有跳楼的，前三年我都在跟着别人一起谈论，说着跳楼的学长或学姐为什么那么想不开承受不了压力挫折。前三年，我从来没想过今年跳楼的人会是我。"

是啊，我的生活一直都太安逸了，或者说太顺了，所以我才遇到一点小挫折就承受不了吗，所以我才想投湖自杀吗。可是那一刻冲动的我真的难过得要死。虽然我后悔，后悔一时冲动成全了我的懦弱。但是没人能诋毁我的悲伤。每个人在意的点不同。有些事情在你眼里不值一提，却可能摧毁另一个人所有的骄傲，就像有些事物你视若珍宝，旁人却觉得你是矫情泛滥。

醯温柔地抚我的后背，"我们要原谅自己。因为只有我们自己才会完完全全地原谅自己的从前。家人说着原谅，朋友说着原谅，那只不过因为他们爱我们不愿失去我们。不论有意无意，我们刺了一刀，即使伤口好了，疤痕也还是在那啊。他们看到伤疤，总是会想起那个地方曾经汩汩流过血，尽管不痛了。"

她说完就走了，留我一人在原地哭。我委屈于她不给我机会把话说完。我还想说我好后悔。我回到家看到爸妈如往常一样上下班吃饭睡觉，还以为他们不在乎我的失踪。我在自己的房间里哭，才听到妈妈半夜起来把锅里的饭菜又热了一遍，爸爸说，说不定明早那丫头就自己回家了，离家出走钱花光了自然就回来了。妈妈说，明早煮我喜欢的虾仁饺子。

我去学校，看到跟我吵了架的布丁抱着两床被子晒到太阳底下。别的女生说，她都失踪这么长时间而且警方也没找到，应该是不会再回来了吧。布丁说，她跑走之前我惹她生气了，如果她回来看到我给她晒被子洗被单肯定就消气了。

6.

我问酶，如果尸体一直不被发现，那么就得一直以魂的身份待在这个世界吗？

她说，可能不是这样的，不然这个魂的世界该挤爆了吧。也许，当最后一个记得我们的人也死了，我们就彻底从这个世界消失了。我猜的，她说，我也不知道，毕竟我也是第一次死。

酶二十七岁生日这天，我们路过她以前的宿舍楼后，看到有个男的在弹吉他唱歌。虽然吉他弹得差强人意，不过他唱得很温柔好听。她有点喜出望外，说这男的正好唱了她最喜欢的歌，*The world is ugly*。

她跟着轻轻哼，最后还不好意思地对我说她好久没听过这首歌，歌词都忘得差不多了。我不知道她是忘词儿才不好意思还是觉得哭了不好意思。

她说，她要离开了，去周游世界，她说，头绳的事情其实是骗我的，根本没有限制行动范围。

我说我知道。虽然我一开始不知道。

酶离开后，我依旧天天搜集头绳，第二天又放回原处。或者，这就像经过别人的故事当一个路人，不去改变什么，只旁观。

几个月之后我又在校园里见到那个弹唱的男人。我正观赏完中午下课赶食堂的人潮，悠闲地朝校外走。他迎面走来，右手牵着个穿淡木色长裙的女生。我跟他们擦肩过几十米才想起他是弹唱的那个人，于是飞快折回去想看看他身边女生的脸。没追上。对面走过两个女生的对话让我不想追了。

"刚走过去那男的好帅啊。"

"啊？哪个哪个？我都没看见脸啊！是身上有淡淡巧克力味的那个吗？"

我忽然好想见到酶，但我不知道去哪儿才能找到她。

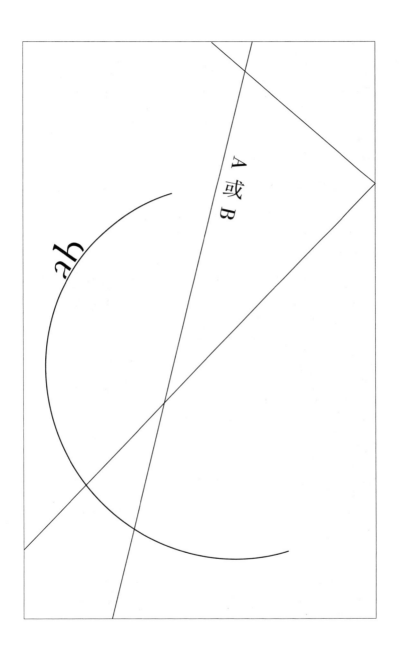

A 或 B

ab

Side A.

　　在她想吃冰棍儿的时候，她才发现双肩包里的钱包不见了。她心咯噔一下，像运转正常的齿轮突然遇到外加阻力。冰棍已被她接过搁在桌上，她骑虎难下，一手紧抓包沿，一手在包里继续搅。最后她认命一般，把手从包内移到裤兜里，捏出一张 5 元买下了桌上的冰棍。

　　火车一路摇晃，窗外的风景完全无法勾起她的兴致，她把腿缩起来，脚底贴着坐垫，脑袋抵着膝盖。眼睛闭上，感觉有点像小时候在游乐场坐旋转木马。她就这么睡着了。醒来后，看见满满当当的车厢在不知哪站过后变得人影寥寥，以及，钱包被偷。叹息在心里，她隔着裤子摩挲兜里的手机和仅剩的三个硬币。

那是高三的九月，温若北每次想起这场打着离家出走名号的告白之行，总是记不清自己究竟有没有亲口说出那四个字。她记忆深刻的是，冰棍嗦到最后就毫无甜味，车顶倒悬的呼啦啦转不停的风扇，窗子被打开下面的一半，火车跑起来时风就闯进来掀她刘海，火车停下时，站里成群的人把小包的行李们扔进车厢占座位。

　　并没有如若北所想那样。她在火车站旁边的小卖铺等了好久他都没出现。不过，她捏着被暖化的冰棒还是等到了他来。尽管在脑海里构想的无数种浪漫，她都没等到。他来给她买返程的票，他一直朝她笑，笑里藏着暖和坚硬。这场记忆是无声电影，双方在她的记忆里几乎没有对白。分别时，若北抱他，顺手把一张字条放进他的书包里。

　　"I have a crush on you."　①

　　她终于得以把五年前就写好的字条给他。若北知道他看见了，她在回家的火车上收到短信，他发的，"我也是。"

　　几年之后若北想，假如他不转学回原籍，假如他们就中规中矩一起上学直到高中毕业，可能她永远都不会告白。她和他的异地恋没过几个月就被几次模拟考的洪水给冲垮了，若北的上进让她没空陪他，而他的不上进让他没雅兴等她。

　　其实日子也早已归入到平淡一类，若北很少费力回想过去，

她懒。连备课的教案她都直接去誊去年的。没有新意挺好，没有新意会省掉很多麻烦。

而她却又想起有关他的这一段，是因为他来找她，说他要去布里斯托尔了，他想带着她一起。

她和他陷在软塌塌的白床单里，手牵手，肩靠肩。少时，她曾无数次幻想两人就这么躺在草地里，什么都不做，什么都不想，等着朝日升空也好，等着夕阳西沉也好，只要他们在一起就好。现在，她终于能跟他躺在一起了，却没过一会儿就咂摸出无趣。她伸手挑开他的衬衫纽扣。

"离婚吧。跟我走。"

"我有女儿。"

"我知道，我们带她一起，我不介意。"

可是我介意，她想。她拉上连衣裙左侧的拉链，"你让我再想想吧。"

他是她用最长时间喜欢的男生，可原来这么多年过去后，她对他的爱就像空米缸里遗落的那几粒米一样，只剩类似"容我想想"的不忍心当面拒绝。也许这一点儿不忍心也是她留给自己的。

他真的飞走之前还是不断短信她，"你不是最想去布里斯托尔吗？"

"为什么不接电话？"

"你很爱他吗？"

若北看着手机里的这些归为垃圾的短信，全选删除。这一瞬间她觉得可怕，回忆都成为可以删掉的垃圾了吗。但她很快又镇定回来。可能他也留给自己了一些余地，他问她是不是很爱她丈夫，他避开问她重点。她是不是已经不爱他。

若北觉得他不再为自己耽搁停留是因为他清楚，她不知道自己还爱不爱丈夫，但她深知自己不爱他了。

若北忽然又感到对不起他，因为他是她刻意放纵的工具罢了。如果不是发现丈夫在跟一个女学生暧昧，她甚至不会去见他。

那个周末，她看见丈夫手机里两人的暧昧聊天记录，登时火冒七窍，立马打电话叫女学生出来。没想到，这个女孩竟欣然前来，还大义凛然地告诉若北，她就是喜欢刘老师。若北盯着女孩不和谐的五官，不懂丈夫怎么会跟这么个还没有自己一半好看的女孩搞暧昧。虽然她年近三十，但保养得很好，身材也不错，看起来顶多二十五左右。她握紧盛满柠檬汁的玻璃杯，很想像电视剧里那样泼女孩一脸。可两人又不是真的婚外情，而且她囿于她必须良好的教师形象，举起杯子喝了一大口。冰碴就这么灌进心里。

女孩居然还嬉笑，"你根本不需要因为我而产生危机感，毕竟我只是比较热情主动但又没你漂亮。但你今后要时刻当心才行了，毕竟学校里比我美的女大学生多得是。关键刘老师太有魅力了，他身边应该从来不缺往上扑的女生吧。他越成熟越吸引人，而你只会越来越老啊。"

女孩最后的语调像是撒娇。她心里的冰碴开始流向血管，她觉得周身在渐渐冷下来，终于那大半杯柠檬汁冲向了女孩的衣领，顺着 T 恤褶皱迅速蔓延开。她也迅速地离开。

　　她没和丈夫摊开吵架，她不善于吵。他们结婚的缘由有爱、有怀孕、有责任，而走到今天这块只剩责任的田地，她不是没料到。

　　早知道，并没有什么好，它只会让人提前感受一轮预演的悲伤，等到真正的炎凉时刻降临，会更难过。

　　厨房传出女儿被丈夫逗乐的笑声，若北走过去温柔地命令女儿洗手。然后丈夫把炒好的菜们端上桌，三个人吃完，她收拾残羹，丈夫帮忙洗碗。其实丈夫很体贴不是吗。她在学校总能听到女老师抱怨自家男人不做家务不关心孩子。当然，也有炫耀老公给自己买了些某某某的同事，她听后感到羡慕。但她不是羡慕别人有个豪气又纵容的老公，她是羡慕这女同事能够那么自然又自豪地说出这些。她的丈夫把工资都交给她，还存起她给的零花钱为她买各种礼物，可她就是炫耀不出。有时候，不是缺什么就秀什么，而是没有爱就没有炫耀的底气。论到底，她羡慕的是爱。

　　尽管丈夫从一开始就在为她付出。为照顾她放弃出国而在国内读研读博，为照顾家选择了本地的大学当讲师。但如今她惊觉那可能不是爱，只是责任。丈夫的极具责任感让她的心越发空洞，她都不确定自己是否还爱丈夫，可她就是不甘心丈夫会不爱她。而她也不敢深探，他是不是真的不再爱她。猜疑惧怕是比真相更锐的刀尖，要想走到答案面前，就必须先忍住疼把自己捅个窟窿。

初恋飞走后不久，是女儿的五周岁生日。她却不怎么高兴，大概是要去丈夫父母家庆祝所以才高兴不起来。其实俩老人对她不错，可她不喜欢喊爸妈。结婚前她就想过，如果嫁给美国人多好，那样就不需要叫丈夫的父母爸妈。

大课间，她躲在教学楼后的废弃单杠边闷闷抽烟，把楼的层数从上到下又从下到上数了好几遍。二楼的玻璃窗映出流汗的蓝天，澄澈得连云都容不下。窗面的水聚成水滴成股下流，弄得好像蓝天哭了一样，多荒唐。她呼出最后一口烟，白色哈气不要脸地混杂在烟里，她突然想念小时候家里玻璃上的冰窗花，为什么长大之后似乎再没看见过了。

操场上的学生已跑完步，贪吃蛇一样的队列正齐步走向教学楼里。若北快走几步绕过花坛进入没有学生的侧门。走廊有篮球掷大理石的撞击声，她瞅见一个不认识的男同学。其实她压根懒得去管，可谁让他也瞧见她了呢。她只好做样子地走过去说，别在走廊打篮球。

她踩了几阶上楼的台阶，听见身后那男同学说："老师，我觉得你是个好人。"

于是她不得不因为好奇停下来，用皱眉来等他解释他的莫名其妙。

"要是别的老师，就会问我，你哪班的为什么没跑操还在走廊打篮球？可你没有。"

若北觉得这答案特无聊，转身往上爬。他从后面追到她身边，"你身上有烟味儿，散散再回办公室吧。"

"用你管么"四个字堵在她牙齿上，她差一点就骂出来。但那是小女生惯用的句子，何况她是老师。她很感谢她的牙阻止了这种丢脸，也感谢她的步履不停。她进洗手间喷香水时想，那个男同学恰恰是她少时会钟意的那类男生呀——想方设法逃课，抓紧一切机会玩乐，不计后果的喜欢，笑起来是很轻浮的暖。然而她现在最头疼这样的学生，她没法掌控这类学生。她任之放浪形骸就没法约束其他学生，但又没有实用的妙方加以管教。仿佛是，她一旦认真开始说起各种不允许各种违反既定规则会产生的危害，就会被看穿她的胆怯和不成熟。她自己都不觉得那些既定规则是绝对正确的，她怎么去拿那些去说教呢。

她原本多希望自己一直都可以不成熟，可她有女儿了。她为了女儿不得不成熟起来，哪怕是装的。

这些年她假装的太多，细数起来恐怕她会无法承受。她刚进学校时很喜欢一位特级老教师，她对所有人都和蔼可亲，她学识渊博，讲课也生动。她教她经验，把备课教案给她借鉴。可就是这位她喜欢的前辈，让她去班上宣布历史练习册的价钱。每本都是原价八折啊，这看似优惠了的价格，可，书店给他们的批发价是七折。她不得不去自己教课的班级报价，她不说成八折那么她就是给其他历史老师难堪。她站在讲台上把练习册钱是定价的八折说得无比清晰，那一刻她想起小时候向爸妈要书费都会多说十块，而如今她又在做着更加龌龊的事情。她可以向好朋友说笑提起小时候多要书费的事情，可她永远不能轻松地说，她向她的学生们多收了练习册钱。

那一沓零钱被她塞入白色羽绒服里兜，钱上的细菌团团漫过她的胸入侵她的心脏，她觉得很难过，于是她要想美好的事来摆平这不美好。她想她的女儿，想她刚知道自己怀了孩子还得去完成毕业答辩，幻灯片一张张略过她美丽的眼，可她的眼底是腹内的膨胀。

她有些恨母亲把她塞进这个高中当老师，她也恨自己在某单位的笔试考不过。如果考过了该多好，父亲说只要笔试过了，后面面试她一定会过的，可她偏偏没考过。她又想，明明还是父亲力量不够大所以她还得把笔试考过，如果关系够硬，她还需要笔试吗。继而她又为自己有这样的想法而更难过。如果一切再重新让她选一次该多好。

如果，如果。如果当年丈夫不说负责任的话，如果她坚持不生这个孩子……

Side B.

她知道放假回家势必会有至少一场相亲，她认了。可是她不愿这么早就被喊起来出门相亲。梦还没做完，她心里怅然若失。

妈妈又在念叨，别学着别家姑娘老大不小也不结婚，就算你事业有多成功也得找个人才不孤单，何况你根本照顾不好自己，我都不逼你今年结婚，但是必须找到男朋友。

她闭着眼睛翻了个白眼，脚底哧溜，赶紧扑到玄关换鞋。

打车前往相亲见面的餐厅，途中路过她高中母校。楼外油漆剥落了些，她很想近距离打望。而出租车开得飞快，学校大门边柱子上的字越来越小，刻不容缓地，她立马喊司机停车。

又给自己找了个逃避相亲的好借口。只不过这个借口没法搪塞妈妈。

这条街似乎没变，学校斜对面的小超市也还在。不过，附近的小吃铺们许多装潢都变了，她不知道里面的人是不是也变了。街衢跟她印象中的明媚干净不太一样，在阴天的衬托下呈现出格外的脏兮兮与淡芜，少了好多当初的模样。也或许，是她的记忆骗了她，这街一直都是如此的，是她的记忆自动净化了很多污浊的片段。

她敏捷迁回学校侧门外墙，鲤鱼跃龙门一样轻松地翻了进去。熟悉的翻墙感觉面对生疏的塑胶操场。她原以为是冬天让跑道围起的草坪变得斑驳，凑近一看才发现是斑驳的绿漆。教学楼前的花坛轮廓没变，她坐在甬道台阶上，观赏颓荒的几片花坛。

掏出耳机听歌，耳机线还带着浅浅的高铁上的味道。她发了好久呆，像多年前在每个不愿运动的体育课上一样。

人活得越久，需要怀念的事物就越多，所以才会觉得活着越来越累吧。什么都不想的发呆变成奢侈的享受。

就在这个甬道，那一年她坐在菱形砖块垒成的台阶边，看初恋打篮球。总有别的女生去给他递水拿纸巾。但他总是只走向她，把校服上衣交给她拿着。

也是在这个甬道上，晚自习的夏风徐徐吹入眼，她握着手机朝湿温的空气小声而郑重地回答说，好。前一秒的听筒里是初恋的声音："你那么喜欢布里斯托尔啊！那以后带你去！"

她渐渐想起那一年，她站在花坛里偷偷掐下一朵月季，用无限纠结的情绪问学姐该选择文科还是理科。而学姐说，至少你们还有得选呀，我们这届根本没得选。

她到现在也弄不懂，到底没得选比较好还是有得选比较好。

到底那时不辞掉教师的工作比较好，还是现在孤身一人在外闯荡比较好。

出校门的时候，她发现传达室的爷爷还是她高中时的那个爷爷。她冲他一笑，他瞪了她一眼。

相亲男打来电话，她手指滑向静音键，走进小超市里。没戴手套的手放进冰柜里搅，她好不容易找出一块喜欢的红豆雪糕。

她想起小时候经常吃的那种小豆雪糕，五毛钱两根。那时候多希望有更多的零花钱，可以买一块五一盒的夏冰霜冰奶。亲手把果汁浇到冰上，曾是她执拗的渴望，这个过程甚至比吃更诱人。后来她有更多钱去选择更多的雪糕了，她当然也尝到更多更好吃的雪糕。可是有天她突然怀念起小豆，却发现再也没有卖的了。两毛五的小豆，偶尔运气不好还会买到加多糖精的，吃起来只有苦味。可她想念得疯，任何雪糕都填不上想念撕开的裂口。裂口，就像不知何时消失的小豆，就像不知何时，再也没有车顶倒悬风扇和可以打开车窗的火车。

她咬着红豆冰牙齿打颤地往前走着，拐弯的路口不知何时建了座幼儿园。正值放学，一堆堆乌烟瘴气的孩子冲出校门，不远处一个妈妈在教训小女孩不许吃辣条。

温若北忽然湿了眼眶。她不知道，当年她选择了宁可败给自己也不要败在婚姻里，是不是对的。她想如果，当年她再多相信一点他会永远爱她的话，那么她的孩子大概如今也这么高了吧。

她会给孩子戴好被风扯飞的围巾，握紧孩子的小手，问说，一会儿想吃什么好吃的呀？

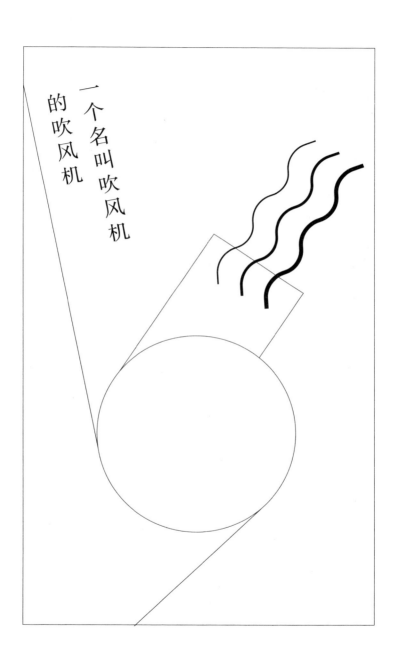

一个名叫吹风机
的吹风机

i. 身受

月份入四以来，她用我吹头发的次数越来越少。到五月中旬，她头发烫了卷，才像捡起个爱好一样，频繁地使用我。

但我无法似从前一样悠然了，我有点苦恼她最近常常按开我的开关后才发现没给我插电。每次我会事先提醒她，可惜我的语言人类听不懂。她在自己的叹气声中，伸手轻轻抚过我的插线，直至摸中我的插头。我最喜欢她这双软和温柔的手了，尽管手背看起来已然上了年龄。用完我之后，她的手会将我的线团成一圈围在我的脖子上，像是给我戴围巾一般。指肚掠过我微烫的脸颊，引得我心内一阵战栗。

除了手，我还喜欢她长长的头发。偶尔有护发素的味道，偶尔只有洗发水的气味，弥漫在略显枯干的头发丝周围。尽管它们不尽完美，有的发梢还因烫卷被烤得泛黄，那我也喜欢，毕竟日久生情，而且我们已拥抱了那么多次。当我将它们全部吹干，木梳滑过它们的身体，然后它们会散落在她蝴蝶骨的脊背处和丰润的两胸前，很好看。若是她头发再茂密些，不穿内衣的话，也能把她的胸完全遮盖起来。

所以她叹气越来越频繁的原因，大概是在愁掉头发的数量与日俱增吧。大多数人都会因为越来越稀疏的头发感到郁闷，我觉得这里面包括她。当然也有可能夹杂了别的缘由。例如儿子快大学毕业了工作却还没着落，老公感冒咳嗽得厉害却还背着她偷偷抽烟。

这天夜里，她老公的鼾声如常响起又落下。我终于等到属于我的小憩时分，却被卫生间传来的滴水声吵得无法入睡，整夜无眠。第二天，以为她会立即找人来查修天花板漏水情况，但一直挨到傍晚，她都没有行动。这一天中，她照常清早醒来，吃丈夫出门前给她热好的包子和玉米排骨汤，整饬自己，九点外出买菜，十点多归来坐下看会儿电视，然后开始准备午饭。丈夫上班，儿子在学校，这天她也是一个人在家吃午饭，所以她跟往常一样煮了碗面条。昨晚跟今早吃剩的排骨汤被解决完，可面条又剩下半碗。不知是有意还是无意的，她没把那半碗面条放入冰箱中。她整理完厨房，睡了一个时间过长的午觉，刚好错过每天下午要看的重播连续剧。她跟丈夫吃完晚饭会到附近的公园散步，回来后看电视收拾屋子洗澡睡觉。每天值得我期待一下的，无非是她能湿着脑袋朝我走来。

但现在我只愿她能找人修好卫生间漏水的问题。已过去一周，那滴水的声音仿佛故意挑衅我似的，每到四周寂静悄然，它便开始无节奏地作曲。弄得我这周心情糟糕透了。而她跟丈夫也因为这区区漏水小事大吵了一架，最后以丈夫屈服认错收尾。可他屈不屈服都没什么不同，两人仍然谁也不去找人修理。

　　我曾听过隔壁人家吵架，是一对年轻夫妇。一方嚷嚷："家里头大事小情从来都是我一个人操办打理，你就只顾工作罢了，你会帮忙处理家中的事情吗？你没有。"另一方好像争辩了几句，但声音太小，我没听清。接着一方继续扯嗓门："哦，你才洗两个碗就了不起啦？什么叫帮我？碗就该我一个人洗吗？地不是我每天在拖？你出门连个垃圾都不舍得顺道带下去扔了还能指望你帮我帮这个家做什么……"

　　我没听过她和丈夫类似这样的争吵，但他们从前肯定也吵过这样的嘴。时间慢慢移，如缓缓生长的头发，接着，他们有了儿子，吵架的内容会加上儿子吃穿和上学这些选项。吵完新梗忘了旧梗，再在某天无话可骂时翻旧账。百吵不厌。彼此都想过无数次离开对方，可谁也离不开谁。

　　在我已习惯了枕着滴水声小眠的一段时间后的某天，她买回家里需缺日用品，终于打电话给修理工。隔天，她儿子回来了。与我料想的别无二致，她对儿子从询问到质问最后毫无意外地变成责骂。只有她自己明白自己是如何一路郁结至此。当初她下了多大决心，卖掉宽敞的房子搬来市中心这个老小区又旧又小的房子。她找关系塞钱把儿子转到附近的重点初中，指望他能考个重点高中，如果差几分都没关系，再继续塞钱，只要能让儿子念上重点高中那考大学也多一份筹码，她当初这样想。可结果是儿子刚过普高的分数线。她所憧憬的都落空。以为儿子会出现在那个她考察过很多次的高中，但后来却是退休的老公去那儿做了门卫。那所高中离家只有两公里左右，她曾想象儿子不用住校天天回家的好时光。她可以在他学习到深夜时，为他温一杯牛奶，削一颗苹果。但事与愿违的何止呢。儿子作为艺术生也没能考进她希望的大学，还成天沉迷虚幻的小说和游戏，琢磨着当导演这种不切实际的事情。她很难过，是一想到这个事就难过。这种难过好像没法随时间变淡，反而时间越久伤心越深。或许正是年龄越长才越不甘心。人一旦不甘心，会开始使用自我安慰这一手段，好让内心舒坦些。具体技能的例子有，知足者常乐，比上不足比下有余，至少我还有什么什么，等等。

这么多年，她也早就学会了自我麻痹，可那些就像临时止痛药，只能暂时麻醉她的痛苦，没法根治令她痛苦的来源。人要是能骗自己一辈子就好了，她偶尔会想。

她看过一些有关教育的书，知道将自己未能达成东西强加给孩子是不对。但她又觉得，父母希望孩子有个光明的未来，有什么错吗？她想让儿子前途无量，而不是他自己闯出一片"前途无亮"。按她给计划好的路走，至少平坦不会遇到崎岖。况且儿子现在也没什么其他路可走，那些虚无缥缈的事他想想就够了，日子应当过得正常人一些。即使心里妄想自己人生跟别人的不同，那表面也得装成和大多数一样。

她大概想起几个熟人，然后一一打电话过去。儿子很生气，对她发火，他不想依靠别人想靠自己找喜欢的工作。可哪有那么容易。这个社会本就是靠朋友关系金钱网住每个人的生活的，为什么不用。他自己大四这年找了近一年的工作不也没找到吗。利用人际给儿子找一份安稳工作，多划算哪，她想。还能让儿子留在自己身边，免去了劝他别去其他城市的力气。于是，她不顾儿子的气愤埋怨，也不理他喜好与否，在一周内四处奔走请客，替他安排好了工作。她心里一块大石落地，和以往每一次靠强势获得胜利的感觉相同，假如她的心也有嘴巴的话，那现在那张嘴应该已经咧开到心的边缘了。

她不觉得她错了，但她是可怜的。因为她不觉得自己错使她更加可怜。就像小孩子去扯猫的尾巴，他们并不知道猫会痛，他们尚未被教育说那是不该做的。就像老人在大街随便吐痰，他们并没感到不妥，他们已过去的岁月中没人告诉他们那是不文明的。他们都不觉得自己做错了什么。

前段时间，她逛街偶遇到学生时期的女同桌。时间久远到，她已忘记对方是初中同桌还是高中同桌。当在商场里，她被叫出名字，她恍惚了一阵才去回忆面前这个女人是谁。太久没人喊她的全名了。周围朋友和熟识的邻居都喊她肖姐，朋友的小孩儿喊她肖阿姨，儿子喊她妈，两个姐姐喊她乳名，老公有时也会喊她乳名，但更多时候干脆哎、哎的叫她。陌生人喊她大妈。对啊，她已经到了被别人称作大妈的年纪，她不跳广场舞，但在旁人眼里，她跟那群跟随刺耳喇叭音乐声挥舞四肢的老女人没任何区别。似乎没有人记得她真正的名字是什么，连她自己都快忘记了。

她回过神，缺乏自信但又装作很自然地念出了对方的名字。很庆幸，猜对啦。可她始终不好意思问她是哪个高中或哪个初中毕业的，于是她没法确定她是什么时段的同学，很没底气聊过去的事情，便把话题往现状上引。对方很乐意谈论现在的样子，自说完自己在哪儿哪儿做生意，有个多大的儿子，丈夫在哪个机关部门刚退休后，她问起她生活如何。

她忽然想起了二十年前参加这个同桌的婚礼。那时候，她们尚还存有联系，并且关系还不错。她带着三岁的儿子去她宴请的酒席时，同桌还曾捏着儿子的小脸，跟她半开玩笑地约定，如果自己以后生了女儿就让女儿嫁给她儿子。她忘了怎么回答的，只记得同桌的婚礼比她的婚礼盛大豪气，只记得同桌的丈夫家中比她丈夫有钱。她想，至少自己的老公比较帅气，自己也比同桌漂亮不知多少倍。可时间走到此刻这一步，她脑袋里总晃过的只有同桌当年身着长飘飘的婚纱冲所有人露出明媚微笑的脸。她又记起了，她都没有过婚纱，她只有一套丑得不行的红色旗袍。

后来怎么跟她断了来往呢，她不想再费神去回忆了。她有些疲惫。简短回答了同桌的好奇心，然后迅速挑起一个关于保养的问题。她夸她皮肤好，不显老，她咯咯笑起来，回夸她。

她渐渐忘了的一些事情，在潜移默化改变她，推她走到如今这个她。而她浑然不觉，还以为忘了就再也不会记起。

同桌开车送她回家，半路路过一个贵族学校接了孩子。那男孩一声不吭地进到后座，很快拿出笔和本开始做习题，经同桌提醒才有礼貌地跟她说阿姨好。同桌边启动车子边说："他整天捧着书本，眼里只有卷子啊考题啊，连我跟他爸都不搭理。不过也是该沉下心专注学习，他马上高三啦。"

　　她朝面前不断往身后飞的景色笑笑，好像在开车的同桌能注意到她在笑似的，她说，是呀是呀。她下车前，同桌一个劲重复有空多聚聚这样的话，她也念经般连续说了好几遍好的一定。后座的男孩仍低头做着什么单选题，她扫了一眼，匆匆转身走掉。

　　天很快进入深黑色，楼道的感应灯十分迟钝，她不想跺脚跺坏了自己最贵的高跟鞋，于是使劲咳嗽了一声。黑分分的客厅没有人在等她，老公和儿子买楼下的米线凑合吃了一顿，残余的辣汤味儿跑到她身体四周缠住她。老公应该是去散步了，儿子窝在他房间打游戏的声音震天响。她疲累的身体又被点着，她狠狠敲儿子房门，大声叫他小点声。

　　她既没有车，也没有勤奋优秀的儿子。至少有还爱她的老公，她吃着老公买回的水饺这样想。结婚二十五年，老公从不拈花惹草，一直只爱她一个，多难得。但她拥有这份难得。但儿子却没因为这份难得而逃过被安排工作的命运。他同样无法逃过必须去这个被安排好的工作。不去？他妈妈会以各种道德大道理挟绑他。导演的梦想暂时放放，先去试试工作再看看接下来如何计划吧。他想。他这种既来之则安之的精神倒是很遗传他的母亲。

老公赌钱的消息，她恐怕是最后一个知道的，还是去别人家劝架的时候知道的。朋友丈夫吵不赢，脱口而出自己再不济也比肖姐老公赌博好得多。显然，朋友的丈夫和朋友当下的立即沉默和脸色尴尬说明了这件事的真实性。突如其来的羞愤和极度难堪，她整个人懵到耳鸣，但仍强装镇定对面前的两人说，有事还是好好讲，别总吵架。

　　然后她回家跟老公大吵一架。她在等老公下班回家的时间里，怒火急剧膨胀。一开始，她把事情往好的方面想，然而耐不住性子给他几个朋友打了几通电话之后，她所有希望的小苗都被掐碎，碎成渣滓。

　　其实没骂几句她就急哭了。那可都是他们一点点攒起来的钱，他却大手几挥毁光了，甚至可恨地问朋友借了好多没还。她不理解，打麻将怎么能败那么多钱。见她哭了，他也不再理直气壮，后面吵架变成了她的抱怨独白。这晚过去，日子还得过下去。只是滋味再不一样了。

　　她在平常有一搭没一搭地提起这件事，揪住他把柄时不时拿出来谴责审理一番。还给他制定了非常严格的时间表，下班后必须立刻回家，休息日想要外出必须同她一起，他的一切活动她都要求在场，以防他趁机又去打牌。他应该明白自己理亏，所以被揭发后还算规矩克制。但是在她伤心没消退之前，她根本没想过原谅他。尤其是知道了儿子都比她早一步知道赌钱的事，她更受不了了。她觉得儿子跟他爸爸比跟她亲近。怎么会这样？她想不通。儿子从小到大几乎所有事都是她在关心她去解决，到头来，她却是被疏远的那一个。她最讨厌老公抽烟，他一直说戒，二十多年了却反反复复，每次一阵心血来潮戒断几周，最后还是会复吸。现在儿子也动不动就掏出烟来。连这破习惯也跟着学，太气人，早该看出儿子跟他亲的，她很失落地想。

即便现在老公打牌赌钱欠的外账已还清，但这两人必须得给我把烟彻底戒了。不然我在这个家的威信何在。她是这么畅想来着，但接下来一通电话让她对管束老公和儿子再无心思。

大姐告诉她外婆去世了。她挂断电话后坐在沙发上发了很久呆。尽管知道外婆年事已高，过一年就少一年，这事大概要不了多久就不得不面临，但她觉得这消息还是太突然。她哭起来，鼻涕比眼泪还多，儿子闻声坐过来轻轻抚她肩膀和后背。她既伤感又一肚子憋屈，儿子从什么时候起就再没拥抱过她了。现在连她哭，他都与她隔了些距离坐着，不肯贴着她坐，不肯抱抱她，也不给她擦掉泪水，只递纸巾到她手里。哭着哭着，她对外婆的难过变成了对儿子的怨气。

晚上老公回来后，她关严卧室门小声跟他商量回娘家的事情，整理要带的行李。她仔细合计回去可能待的最少天数和应出的钱数，好像上午刚哭的那场可以使她免于责备自己斤斤计较。反正外婆最疼最喜爱的也不是自己，她想，这个时候应该最受宠的出最多力。

她是父母第三个孩子，也可以说是第四个孩子。生她前，她母亲不幸流失了一个男婴。后来母亲怀上她时，举家都孕育了满满的期待，直到她降生的那刻。家中已有两个女儿，在那个年代那种环境下，她的不被重视似乎合情合理。甚至，她能隐约感受到母亲对她有十足故意的恨。幼时，她每每遭到父母偏心的待遇都会无比委屈。明明她是最小的，她应获得的关爱与偏宠却统统没有，连最起码的公平都没有。她小时候无数个午夜难眠默啼淌泪的瞬间而今反倒给了她少一分负担的理由。父母由于对她不够关心，也就没那么多期望，她成年后还未成家的那几年是她人生中最幸福自由的一段美好时光。当然，结婚生子有另一种幸福，但此时她仍很怀念那段日子，永不复还的开心是最开心。也是最伤心。

何况当初被老公唯一的爱打动，当初刚生下儿子的满足感全都沉落在了逝去岁月的山谷中，现在仅剩片段回忆来帮助自己，在每个极想冲上去打骂他们的时刻稍微安抚自己暴怒的心情。

她翻转身体背朝身侧呼吸带响的老男人，拉回扯出很远的思绪。这回是为外婆的最后一回，出钱太少是不是太不孝顺呢，葬礼应当办得风光些才是。但总之姐姐们会多出的，会尽心操办所有事宜，不需担心那么多。再说外婆又不待见她，以前还曾挑唆母亲疏远她，说她性情淡漠，克父母。不不，外婆都走了，不能想她的不好，得念着她的好。那一年自己要离开家去近百公里外读高中，全家都反对，如若不是外婆支持劝说父母，她大概没机会走出来也没机会遇到老公。这可影响她不止一星半点儿，对，外婆人多好呀。她没有任何病痛，安详地死去，其实挺好，总比经受一番身体折磨然后死去要好。

可她春天时才回去给外婆庆祝九十大寿，那时外婆看起来精神矍铄，哪有半点即将入土的样子，现在却……她想起那天阴阴的天空，密集的灰色。他们一家原本要在院坝里拍全家照，但天暗得过分，拍出来几张的效果都不称心意。二姐便提议进到屋里开大灯拍。

外婆的眼睛在阴天下笑得锃亮，但在灿然的灯光下，却变得浊浊暗寂。大外甥的小儿子扮怪逗大伙乐起来，她跟着笑，忘了再去看外婆的眼。

当晚欢闹的酒宴落幕后，各个亲戚四散离开，大姐也携一家坐车走了。残羹狼藉剩给没带家属的她跟二姐打扫。她给自己家打电话，二姐在一旁听着。也不过几句互相交待白天各自干了什么杂事的日常话，二姐竟听哭了，她连忙挂断电话，询问二姐怎么了。

老套的生活走向，二姐丈夫出轨了。她一面扯东扯西地劝慰姐姐，一面暗自庆幸自己老公很忠贞。挣得少，毛病多又怎么，至少没出轨。后来，在知道他赌钱输了很多之后，她也同样拿出这套理论安慰自己。她清楚，当得不到自己心中百分之百的完美，人身上的好，都是对比出来的。他爱她，他们有一个儿子，未来他们还会抱孙子，日子平凡细碎地过，可以了。要知道，好多夫妻没那么幸运能一起走过一生，活到这个年纪，她劝了多少亲戚别离婚，又鼓励了多少朋友去离婚。有的东西，拼命苛求完美只是折磨自己而已。

即使，只要有一个角度看起来它是脏的，那么它就是脏的。可世间哪儿来那么多完美呢。只要有一面看起来很美好，就够了。

　　她从几个抽屉中终于翻找出那天在娘家拍的合照。她盯着看照片里头的外婆，不由自主地，目光又跑到两个姐姐和自己身上。她有点吃惊，姐姐们模样是那么老。却又有点自得，自己比她俩年轻多了，笑起来漂亮不减当年。而后又有点惋叹，时间原来已过去这么久。从她离家、结婚，她渐渐将注意力由一个家转移到另一个家。虽然小时候不被喜欢，但她也曾觉得有父母在的地方才是家。如今，对她而言，儿子、老公和她才是一个家，父母的家变成一个可去可不去的住所。姐姐们从欺负她的小女孩变成皱纹满面的婆婆，她也将会变成他人口中的老奶奶。大家慢慢变化，但她才发现变化。她想起那晚夜里不知什么时候开始下的雪。都春天了还下雪，她站在窗口边吐槽边欣赏。夜里的雪比月光还亮，锋锐地割过她的瞳孔。而她此刻才感到疼痛。

　　料理完外婆后事，她连夜赶回家。可惜，仍没赶上阻止老公犯赌瘾。她回到家，他早已在沙发上坐定多时，等待她的批斗。她疲惫极了，绝望极了。该骂的话重复又重复，诅咒的句子掷打空气，咬牙切齿地响。她想打给老公的母亲，像年轻时候每次吵架搬来那个救兵一样。有一瞬间她仿佛变回年轻的自己又迅疾衰老得不能言语。她没办法了，那些往昔快乐回忆对着这种状况也已力所不及，旧的幸福炸成碎片刺进她心脏。愤怒跟无助助燃了她，她冲过去推搡他，一下没推动，再一下，再一下，直到把他打到门上。她转动门把手，咒骂着要把他撵出去。楼道年久失修的声控灯不合时宜地亮了，她看到他脸上如小孩子做错事一般的表情，又心软又心疼。

当初如何料到他会变成今天的面目。她第一次冒出假如没嫁给他就好了的念头。可她却做不到关上门。邻居被吵醒，眯着眼皮前来劝架。很奇怪，她见到旁人，眼泪这才掉下来。她跟邻居埋怨、控诉、数落老公以及老公的朋友。老公听到她骂朋友反驳了几句，她立刻顶回去，说他结交的都是些什么狗屁，这么多年的情分，也不拦着他，不拦就算了，还借钱给他赌，这叫朋友吗？她拉邻居进屋子里继续哭诉，也不必实打实证明只有她说得对，她只想有人站在她这边，跟她一起骂他。

夏天就那么折腾着过去了。秋来冬走又一春。她过年前烫的头发没半年工夫就失效了。枯草乱窝般裹住她脑袋的一圈。失效可能由于她疏于打理，都是这样的，刚烫好不久会精心梳头抹护发精油吹头发，后来就渐渐放之任之，好像忘了这码事。她发量又减少了些，但一直留着长卷发。长长了剪短至肩胛骨，不卷了再烫成卷。她不敢剪成一头短发，虽然听说头发短的话会少掉发。可短发万一令她露出更多的白黄色空头皮呢，万一掉头发更严重呢？维持现状就好，她冒不起险。她更老了一年，不想把日子拿来用在等头发长长。最多，她把发尾染成红棕色。然不如所愿，这个颜色没给她衬托出美丽，只显出了她的老。

她气闷不已，不止因染错了发色，还因刚交的电费实在太多了。可能天太热空调开多了，可去年夏天也没用过这么多电呀。她越分析越烦躁。

傍晚老公到家时，她还没做好饭。他没表示出急切的饿，带着明显的讨好脸走进厨房跟她商量买电瓶车的事。他话才说到一半，她就有种四肢发麻，头顶一个锅盖砸下来的晕眩感。她抄起锅铲朝他鼻尖指。"你知道今天交出去多少水电气费吗？洗衣机坏了，得买新的。没钱！"

"你烫头就有钱。"

"你要是没赌，现在给你买十个电瓶车的钱都有。"

"又提又提。去年的老骨头了非得拿出来嚼嚼。"

"是不是事实？你做了还怪我翻旧账本？再说了……"她把鱼翻了个面接着说，"自行车好好的，别人能骑几十公里去上班，你怎么两公里都不行？那点儿距离，老子走路都走到了。你骑个车还不满足。你是挣了多少钱嘛，这么金贵……"

"比你挣得多！"男人忽然音量高了一截。

她愣住的几秒里还在装作翻炒鱼，然后把铲子一撂，用接近尖叫的嗓音："当初是谁喊我不要出去工作，在家好好享福，二十多年，我问你福在哪儿，连个眉毛我都没见着。你不得了是不是，觉得自己很厉害？

"以前在饭馆当经理好端端的，非要自己单干，结果怎么样？当时我劝你别自己搞，你不听啊。赔得屁滚尿流还不是老子腆着老脸给你四处借钱还贷款。你现在干个破门卫的活，好了不起哦。不是老子给你托关系找的？单靠你那丁点儿退休金够干什么？

"对！够你买电瓶车了。现在就给你钱，你买去吧。把你的钱都给你，免得像我占了谁的大便宜。"

她迅速找到藏好的钥匙，打开抽屉锁。把几个存折和银行卡扔在他脸上。她双颊涌泛红色的丝丝点点，似乎缺氧了，可能是因为扯嗓门吼话喘气少了，可能是因为真的被伤到被气到了。

她老公狼狈不堪地捡起地上的存折和卡，交到她手里。她喉咙下剩下还没说的关于"别人家某某怎么怎么"的话就被迫咽回了肚子里。她觉得自己孤零零的，即便爱她的人站在她的旁边。

家从来不是温暖的所在，她小时候就知道的啊。但渴望唯一的爱渴望被宠爱的心情还是带领她慢慢走到如今的地步。她突然发现，自己从来都是孤零零的，爱并不增长幸福感，也不减少落寞。有时候反而会带来不幸与失落。

家是误解的集合地，误解其实又相互理解，可就是谁都不愿意做第一个去体谅对方的人。

她觉得很累，像剧烈运动后出了一身脏汗。这晚她洗澡的时间尤其长，等她湿着头朝我走来时，我都快睡着了。我从通电后电流流过我身体的感觉中清醒过来，闻到她头发既没有洗发水味，也没有护发素味。正如我第一次遇见她时的味道。

我从大学生毕业季摆的地摊上被她低价买走。那个夏天热得刚刚好。好像，那时候我就快死了，我本希望死在那个最好的夏天。但既然被买，我就又撑了两年。现在一个热得刚刚好的夏天又来了，我想是时候了，我该死了。不知道还需要几天才能走到我生命的尽头，但我希望不要挨过这个盛夏。

这晚，我为她吹了最后一次头发。她躺下后跟床上的男人背对背睡觉。隔了一天的晚上，她躺下后，男人慢慢把手伸过去牵住她的手。也许接下来的日子，她跟他还会有用后背漠视对方的时候，还会有两只手握紧彼此的时候，直到两人离开世界的那时候。不过，我不会知道了。因为我死了。我靠猜想猜完了他们未来的人生。

ii. 感同

两年前，我被这个女生给卖了。她是这批应届毕业生的学姐，摆摊的是她直系小学妹。我同相识的台灯、汤锅、碗碟、电热水壶和一把吉他躺在粉色格子床单上任人挑选，两旁和对面还有成堆我不认识的日用品和书本饰物。她摆摊第一天已经跟学妹卖出去了一部分物品，销售颇丰，我第二天才被她带去那个热闹非常的杂货一条街。当时，我深知自己时日不多，被抛弃也是理所当然。但路过的人鲜少有拿正眼瞧我的，我觉得自己很难被卖掉，况且她还在块白板上如实写了我只能吹热风。炎热的季节，人们吹着凉爽的风扇，头发上的水就蒸发光了，谁会想买一只外貌平平且坏掉一半的电吹风呢。果不其然，她摆出来的东西半天内都被卖出去了，除了我。连那把断了两根弦的吉他都被买走，而我依旧无人问津。同样是前任送的礼物，差距这才显露端倪。

他们分手后，她于某个无比寂静的夜里吹头发，吹着吹着将我抛扔到墙上，我的按钮因此失灵了一部分，导致我落到只有热风的境地。可她都不破坏吉他，断了的弦还是她前任整理东西时不小心弄断的。他说对不起，整理完后给她换弦。但他收拾好东西就走了，也不知道是不想帮忙换弦还是真的忘了这码事。

男友考上了外地大学的研究生，他去到那个城市后才跟她提分手。她早已料到，迅速删掉他发来的分手短信，继续刷题。但尽管预料准了，她仍特别气愤。既然如此，为什么最后要亲她而不是拥抱她或者就平常地跟她说声再见呢。泪滴到眼镜片上，又洇湿了书页，她在图书馆哗哗的翻书声和笔划纸声中静悄悄地哭。她最擅长哭的时候不发出任何响声了，可惜时间长了管不住鼻涕。她匆匆拢过桌上的几本书到包里，再匆匆走出图书馆。

那之后，秋由浓转淡，冬季的头似一尾鱼偷偷冒出水面，日子的夜越来越长。她睡更多，空调把屋子搞得热烘烘，她几次因喉干咳嗽而中断睡眠。偶尔，她能够咳几声再继续入睡，多数时候，她都没这么好运。咳嗽声仿佛叫醒了她头颅里的什么东西，她张开自己躺一会儿，发现实在没法睡着，才起身关空调。空调运作的声音浅淡下去，如逐渐瘪小的气球。黑寂使楼上空调的滴水声清脆冷冷。

她去厨房鼓捣蔬菜。每次都做很多，第二天总是吃一半倒一半。虽然浪费，但她控制不住似的，也不知道从什么时候开始做菜上了瘾。她去超市购买食材的路上，会经过从前学生时代打零工的奶茶店。看到店里的职员重复她曾重复做的事情，有种说不出来的感觉。店的门面在还算繁华的地段，但每天生意特别忙的时候还不到一小时，她兼职那时候经常可以很流畅地发呆。她喜欢发呆，所以连同做不同饮品的这项工作也喜欢起来。

　　有天，她拎了几包蔬菜往回走，又特意往奶茶店里瞧了几眼。不见一个人影却忽然给了她一种想法，如灵感乍现。她想，做菜，配奶茶，跟做化学实验好像，怪不得她都喜欢。店里飘来熟悉的香草味儿，她忆起那段被各种甜香包裹的日子，她最喜欢做燕麦奶茶，若是热饮就更好了，她顶喜爱那股燕麦混了奶的浓郁，不能喝入口但闻闻都很惬意。她巴望着客人点她想做的奶茶，如果对方点了经典奶茶或什么咖啡，她就拜托另一个女生去做，自己来接待收银。后来她进去买过一次喝的，海盐芝士可可，店员默认给她弄了杯热的。她有点失望，虽然她自己一开始也忘记说选择冷的。也是，冷飕飕的大冬天，要热饮才正常。可她终究免不了一阵不开心。也可能，他走了之后不开心已是她的常态。

　　她半夜起身做菜，总会先打开他的房门冲里呆望几眼。这里面早就没有他了，行行好，把他从心里也清理出去吧。她对自己默念。

这句话跟咒语似的，在心里说上几回，没多久，她好像真的不再介意那间空屋子了。她开始介意房费。一个没有收入的人实在难负担两室一厅的房租。她琢磨着先找些兼职，等考研结束再做别的打算。多希望自己这次能考上啊。大四那年迟钝没考，上次差了几分。或许该换个相对容易考的专业吗？她不是没想过，可转念一想，假如要念自己没兴趣的学科，那跟去上班工作有什么区别呢。她向来不想勉强自己做违背内心的事情。

当初男友说她戴脚链像单只镣铐一样，她不在意，不摘下来，继续每日冷冷叮叮地在屋子里走来走去。他说房间里跟养了小狗似的，她倒也不生气。他喜欢她留长发，她也从不听取他所谓的谏言，一直维持一头清爽短发。倒是他走掉之后，她因无暇错过了几次剪发，头发已垂至肩膀。软软的发梢每次飘近我时，我都沉醉得不知今是何夕。

他还喜欢她什么，我不了解。我喜欢她圆却瘦的肩膀和几乎可见骨头的脚踝。

她有着浅淡的眉，鲤鱼般的眼，小而挺的鼻子，苍白得不能再白的薄嘴唇。她很矮，但因极瘦而显得身子修长。她做菜的时候，皱眉眯眼，看不出任何享乐其中的表情，我怀疑看过她做菜的人若听她说她喜欢做菜，一定不会相信。看着她这副模样，我会想象她做实验的样子。应该也是紧盯各类试剂仪器蹙眉头，一脸不快吧。想到她坐着等数据时，可能下巴才高出实验台十几厘米，我差点儿笑出了声。

考完后，她成日忐忑期待结果。不过，结果又一次让她心情跌落千丈。可能最失落便是如此，是自己辜负了自己。她辞了几份兼职，连好不容易谋得的新能源会展上的兼职也不去了。她不再深夜做菜。她想养一只猫。每每凌晨醒来，开始刷各种有猫信息的网页。她做了相当充足的准备功课。

但晾衣服时，看到阳台死作一团的几盆植物，她又放弃了养猫的念头。她想起从小到大自己养过的花、鱼、兔子，无一幸免，全都没过多久就会毙命。连照顾自己都够呛，还是别迫害小猫了。

我自责，怀疑是我的原因。因我如此的寂寞，所以拿我来吹头发的她也变得寂寞了。是我把寂寞传染给了她。

我想跟她讲，寂寞的时候想要摆脱寂寞只会更寂寞。不如顺势适应它。

就像她以往度过的每个孤单日子一样。他曾将她从孤单中牵出来，那么他走后，她不过是再回到孤单里罢了，没什么大不了。也没什么难度。

只是房东发来的催房租短信加深了她的失眠。存款已如见底的米缸，她不得不在网上发布招室友启事。

新室友搬进来之前，她进到那间房清扫了一番。床板、柜面沉积近一年的灰尘，她打扫时喷嚏连连。于是找来口罩戴。这个一次性口罩还是去年隆冬时跟他一起去买防霾口罩送的。她还是有点怨他，但更想他。是像想一个旧时好友那种想念。分手短信是他们间最后的联系，她有点后悔当时冲动删除掉短信。她只看到分手二字，后面一长段话她都没看就删了。他会说什么呢，交待我保重？祝福我考上？或者，告诉我怎样养好阳台上的花儿，让它们还像他在时的日子那般烂漫生长。

新室友很良善，也很活泼，她做的菜几乎再没倒掉过。这个女孩跟她同龄，而且跟她一样，想考旁边这所大学的研究生。她还告诉她，自己考了三次都没考上。她看女孩的眼神有丝羡慕了。女孩能够这样自然地笑嘻嘻说出她有点儿羞愧无法轻易说出口的实话。其实她有很多想倾诉的，说给好友，怕好友觉得矫情，说给没见过面的网友或眼前的女孩么，她如此性格是万万做不到的。于是只好忍着。好在倾诉欲不是食欲，不是一定要吃到才行。

女孩邀她一起去植物园。初夏的气息似少女裙摆，各类树草花蝶缠绕其间。她很久没出来走走了，连图书馆都没去，只窝在自己房里看书做题。当然更多时候在看电影。夜晚中空气潮乎乎的，她很喜欢开窗子，放这些湿润的空气涌进来环住她。不需在意是否放入了蚊子，因为此地的土著蚊子几乎不会咬她。这可能是她喜欢这里的最大原因之一，故乡的蚊子可是极爱叮她的。

女孩是招蚊体质，被植物园中的蚊虫叮了两腿两胳膊小红包。她提议先去药房买风油精或花露水，再回来观赏植物。但女孩没听，她径直往前走，该选择岔路口的地方也毫不犹豫拐入其中一条。她跟在后面，好半天才搞明白女孩不是来看花儿的，是来跟踪人的。

可能是她前任吧。她向前扫视打量，目标确定在一个与妙龄少女同行的年轻男子。忽然想起高中时候，她曾陪好朋友在体育课偷溜回教室，好友坐在喜欢的男生的座位上，偷翻他桌洞里搁着的字条。她当时不明白，就算看了又有什么意义。男生跟他喜欢的女生传的字条，朋友是在偷窥别人的隐私。难道喜欢一个人就可以对那人做出不可理喻的事吗？朋友却说，你还不懂，等你喜欢上谁了到时就懂了。但她一直没懂。

可能有作用，她想。那之后，朋友如愿和喜欢的男生在一起了。女孩现在跟踪别人，但最终也能得到自己想要的东西吧。感情深跟一枚赦免令牌一样。而她被甩，怕正是因为感情不到位吧。

回家之前，她给女孩买了花露水。女孩神色怏怏，勉强地为她挤出一个笑脸，"你好会照顾人啊。"

她没告诉她，那些被她养死的花朵和小动物，她只嘱咐她不要挠，挠破皮了洗澡时会很痛。

连看三个电影，天空已吐白。她打算排空膀胱再睡觉。开门，看见女孩手捧笔记本电脑蹲在沙发一侧。

"唔……"她好像比蹲在地上的人还尴尬，"起这么早？"

"没。整夜没睡。"女孩把电脑搁在沙发里，才慢慢直起身，腿脚麻了的样子，一时间挪不动地方。"这个位置 Wi-Fi 最足了。"说完，女孩在键盘上猛敲几下空格，shit，又卡住。

她看到画面停在某个社交网页的个人主页上，头像是在植物园里见过的那女生。她没再说什么，待回到自己房里仍愣愣的。电脑卡。几年前，她在学校机房小声嘟囔抱怨时，他移到她耳朵边，说，"是你反应太快了，它跟不上你的反应速度。"

想来，这句是他对她说过的唯一情话。她想起做氯化钠提纯的实验时，他看出她手酸，帮她用玻璃棒搅溶液。回忆又裂了，她睡过去来躲避。她总在逃，不论是这个时候，还是面临找工作的时候。继续读下去是当时她唯一逃避的途径。他说，那好，陪你考一个学校。然后他成功考去别处。令她最难受的不是他背弃承诺，而是她自己，没能考研成功。如果再考不上，她还能往哪儿逃呢？

她有种即将和女孩分别的预感。自植物园跟踪事件后，女孩给她讲了很多故事。他以前很支持我考研的，甚至拿他的工资给我报考研班。现在却不了，说都考三次了还折腾什么。我一气，就搬出来，可现在交的这份房租还是他帮我出的钱。他要是不爱我，为什么还肯为我花钱呢？他要是爱我，为什么阻碍我追求理想呢？

她盯着女孩玉米胡子样的长头发，听到这些时也往往答不出个所以然，净走神了。有次她深夜看完电影，发现客厅多了个男人。他跟女孩低声辩解着什么。她就又关上了自己的门，塞上耳塞睡觉。她想跟女孩说，他有可能是喜欢上别的女生，对你愧疚，却又想脚踩两条船，所以才这样对你。但她始终没说。

当女孩跟她讲过，想跟这个人结婚携手生活一辈子这样的话之后，她没法说出口。同时她也无法理解，怎么人人都想跟另一个人一直生活在一起呢，好恐怖。她无法想象和别人永远在一起，即使在之前恋爱的时候也不敢想象。她知道总有分别的一天，跟谁都是。

又一次考研到来之前，女孩搬走了。这个冬天特别冷，呵气时能看到白色水雾，让她想起故乡的冬。她没问女孩不再继续考的原因，她把房间又仔细打扫好，迅速在之前发布租房信息的网站再发一遍。

等着出结果的某天，她刷新社交网页，看到女孩晒结婚证的照片。点进相册，还有一系列结婚照。笑靥如花，只是女孩妆太浓，反显得花儿都是假花儿。照片里的新郎不是她见过的那个男人。

真的很奇妙，对有些人来说，为了逃避什么于是结婚。而对另一些人来说，结婚是唯恐避之不及的选项。好像药，在某些情况下，它于人有益，在某些情况下，它可害人。

她做完兼职，立在道边等公交。但驶过好几辆55路，她都没上车。她走开，漫漫灰尘的台阶伏在脚下。这条永远在施工的马路，好像从她毕业那年就在修。她有些恍惚，永远都修不好了吗？几群人走过她，与前方的人群汇合。她替他们感到高兴。因为，她没有在等谁，也没有任何事物在等她。

她回到家，觉得累瘫了。洗澡时，她有一瞬间想，人活得越久，需要怀念的事物就越多，所以才会觉得越来越累吧。

她这么年轻竟有这样的感触。但是我理解她。我也没活多久，可我同样觉得活着好辛苦。

　　这是她考研第三回合，若搁到电影里，也该是反转的时候了吧。所以，她想象在某个平行时空，她已考上，生活得像一部喜剧电影，像那种她不屑观看的烂喜剧电影。

　　我也幻想，在某个平行时空里，我被取了个可爱的名字，我被人珍惜，我没被摔坏，我还有得活。像我从未遇到过她们那样。

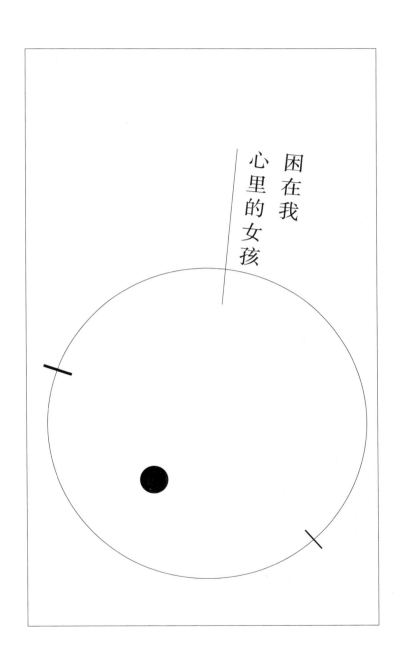

困在我
心里的女孩

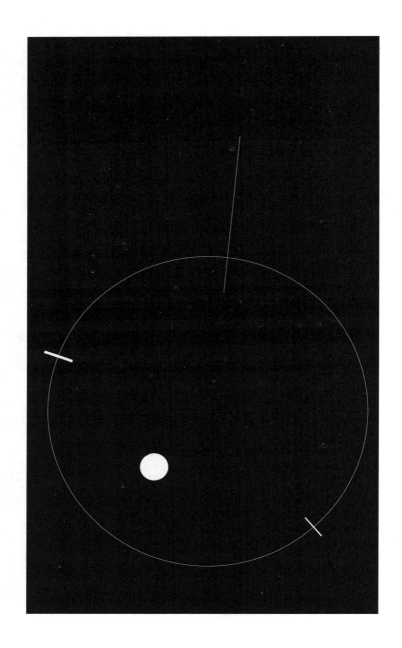

1.

　　我实在记不清小析是几年级转到我班上的，连我们是如何变得要好，我也记不清了。时间过去太久，我再怎么用力追也踩不到它的尾巴，捉不到关于最初的蛛丝马迹。

　　没有最初的线索，但之后的记忆却宛如一架放映机悬在脑里，秋千一样荡来荡去，变换的影投在曲折的沟壑中。于是造成我的症状是，想念她。

　　我总觉得在这些发生之前是有预兆的，我是说跟她成为好朋友之前。类似于在学校清理杂草的时候，老师刚说完拿镰刀的几个同学千万小心不要割伤手，随后我手指就被镰刀划出血。同样的，妈妈让我离那个小姑娘远点，没过多久我就成了她的跟屁虫。

其实妈妈还是心软，虽然她不喜欢麻烦，但若是小析来家里找我玩儿，她都会多炒菜，偶尔还炖上小析喜欢吃的黄花鱼。我知道她也心疼小析。

小析是从别人家抱来养的。她的姥姥这样告诉她，她这样告诉我。她说，姥姥还说了再过几年她亲生父母就会来把她接走。她把自己说得满脸泛起期待的光，可我却有些惶惶。她说这秘密只告诉我一个人了。可这是楼下下象棋的爷爷们和小卖店阿姨甚至全班都知道的事情。然而谣言统统没有作为当事人的她亲口说给我听来的震撼。我震撼，只是怕某天她的爸妈真跑来带走她。

那就再也没人会带我偷摘樱桃，骗我把家里的虾爬子偷出来一起吃，用扫帚扑蜻蜓给我，将薄荷味的口香糖分我一半。

有次寒假，我们计划实践安全公约，把纸上每一则的否定和不允许都落实成可以。安全公约一式两份，家长签完字上交学校一张，学生自个儿留下一张。我们就按着留下的那张纸上的一条条反向履行，完成一条，勾去一条，那是不同于考试第一名的成就感。

我们买来鞭炮烟花爬上拆迁过的废弃屋子，把它们点燃，烟花的光比白天更亮。我们跟在个子高的姐姐后面进网吧，逛了一圈竟没人察觉我俩。我们吃冻烂了的苹果，在大街上找了好多陌生人说话……还有，坐公交车故意把头和手伸到窗外，寒凛的冬风刺入我们的皮肤，也刺进有温度的车内，引得车上的人对我俩侧目呵斥。我立马关了窗，小析在我前座晃晃悠悠装作车窗很难关上的样子，我看到她的黠笑隐约映在玻璃上，也晃悠着，窃喜着。还有很多条，而对于那个冬天，我非得最最印象深刻的，仅是她后脑勺被风吹得乱糟的短发和玻璃中她恰到好处的笑脸。

后来的假期，我们没再做这些有趣的勾当了，毕竟她有更多新鲜好玩儿的点子等我一起去实施。我一边在家里把乖装好，一边利用乖的表象换取机会跑出去找小析。偶尔几次还是被爸妈发现，爸说，少跟她一起玩，没看别的小孩都不跟她玩吗，别不学好。

对啊，她总是一个人，除了我没人跟她玩，可，除了她也没人跟我玩。爸妈从来都是说不许怎样不许怎样，却从不说明不许的原因是什么，我弄不懂别的小孩不跟她玩的原因。但是，当小朋友们来找我出去玩时，妈妈总给我布置额外的作业命令我写完才能出去，等我写完，小朋友们早散去别处玩耍了。只有小析，她愿意眼巴巴坐在楼下的台阶上等我，直到我把作业写完。

当然之后她来的次数多了，妈妈就让她进家里等了，哦也，给我加了更多的习题册。

一个周末，我在自己的小屋里竖起耳朵等小析的敲门声，可迟迟等不来。有些焦躁，唐诗宋词的字帖被我右手里的钢笔尖浸透蓝黑的一片，我只能听到厨房里妈妈切芹菜的声音，最讨厌的芹菜——我不禁更感烦闷。楼下似乎溜过一群玩闹的小孩儿，我好奇地脱离书桌，从三楼往下张望。斜下方，不是一群，只有三个小女孩，蹲在一排小叶黄杨旁边的干燥泥地里，握着树枝乱划拉着什么。其中一女孩的背影甚像小析，在我不愿相信的时刻，她还开口清脆地笑了几声，那几声让我产生一瞬间的绝望。我迅速把墨水推到地上，奔到客厅对妈妈说钢笔水被我不小心打翻了，要出去买。

她们还蹲在地上，专注得令我心惊又心碎。我蹑起脚靠近，看到泥地里有块小析用雪糕棍画的房子，她规划了卧室、客厅、洗漱间、厨房，而另两个陌生小女孩摆弄着塑料小人在"房子"里面过家家。当她们采了现成的蔬菜（小叶黄杨叶子）开始做饭时，我跑走了，拖鞋的胶底故意狠狠砸地，好像也没有太大的响声。我不知道小析有没有看到我跑开的背影。

那之后，我没理她好久，事实上我没理任何同学好久，期间有女孩子找我一起去厕所，我都拒绝了。但渐渐，我越来越受不了她也忽视我。我总是一个人游荡在操场上，看着她一个人坐在甬道边护栏的铁索上捏着白纸勾写着什么。要么，我就是在教室里佯装听课把课本支立起来，躲在书后偏过脑袋朝窗外监视她又逃课在玩些什么。

我写了封信，大致主题是，她竟然跑去跟别的小孩玩而且还不带上我，而且还那么高兴。然而具体字句却隐晦婉转，我怕词不达意，又怕词太达意。折腾掂量地写了一宿，现在想来那便是我第一次通宵。第二天下午，我早早写完作业背完古诗练完字帖，揣着没有信封的信去她家。她家是一楼，她给我开门之后没关门，穿堂的风潇洒往来着邂逅潮湿的地，打完哆嗦的我惊觉秋老虎的余威已所剩无几。本想扔下信就走，没想到她扯我的手把我领到床边。以往不多的几次到她家，她都把钥匙绳子挂到脖子上，关门，牵我往楼外走。我没进到屋子里过。这第一次看见屋里的模样，倒也没什么惊艳。房间，不过是稀松平常的房间，但我不知怎的，心里像淌开了一杯温牛奶。

她给我看床头柜里她藏起的一摞纸，那是她画的画。她说以前没给我看是担心我觉得她画得丑。纸面浮起铅笔的碳色，碳色的轮廓里是一座座房子。我偷偷将折过两折的信纸又折了两下，塞进裤兜里。

好多张房子，尽管各种各样的，但都是房子。我注意到有两张不一样的，上面画着植物、蔬菜、水果、花骨朵。我问她，为什么给这些都画了人的五官和四肢呢，拟人化么。她说，不不不，我画的是像树像菜像水果像花的人类。

我一张张一寸寸慢慢欣赏，时间好像嚼不完的泡泡糖。

可泡泡糖总得吐掉。我盯紧挂钟，算好从这跑回家需要九分钟，我必须赶在爸爸下班之前到家，不然会被盘问。正在要走之时，她姥姥回来了，身后跟着一男一女。我突然感到心惊到一定程度就会有种浅浅的窒息似的疼痛。我又恢复了正常呼吸和心跳是因为小析推着我背送我到楼外，说，那是我小姨和小姨夫。

往家的方向跑的路上，我回想起她小姨夫手中拎着的纸袋，里面是鞋盒，我知道那个童鞋的牌子，想着小析有新鞋穿了，想着想着我心里就一阵畅快，像被春雨滋润了的小草。

初中时，我俩在不同的学校。我们每天的见面变为每周末见一次，常常是她带着我满城疯玩，偶尔我们去书店，她看一整天的漫画，我看一整天的杂七杂八。有次她发现我在看做菜的书，就把我约到她家里，让我做好吃的给她。可我笨手笨脚毫无实战经验，最后还是她做了土豆饼。

　　她开始画漫画。她不喜欢画格子，每次画的时候就把 A4 打印纸折成八块，彩色铅笔在每一小块里跳舞。我喜欢看她画画的样子多过看她的画。

　　记忆里，我俩最盛大的一场狂欢好像也是最后一次狂欢。那天白天，我们去了一个刚建没多久的游乐园。本以为她是冲着那么多刺激的游乐设施，但她竟钟情坐旋转木马。坐了好多圈之后，她才肯跟我去玩别的。她说，小时候只坐过一次，没过瘾，现在一次性玩过瘾，以后就再也不用惦记旋转木马了。傍晚时，我们坐大巴到市中心海边的广场上放风筝。残余的落日捻灭最后一缕温暖的橘黄，我跑得极累，买来一个吹泡泡的，瘫躺进草坪里。支起胳膊，任由风吹出一颗颗不那么五光十色的气泡，少量的光被包在其中，于是泡泡们也显得蔫蔫的。我望着上空被天色染灰的粉蝴蝶风筝，多希望她和我一同躺下看风筝飞呀。可是她也躺下的话，风筝就会落下来。

　　蝴蝶好美，越远就越美。我想起以前，天将下雨的夏季，小析总跳啊跳，用扫帚扑来蜻蜓给我。有一天我终于爆发了，我吼她，说我讨厌蜻蜓，我喜欢的是蝴蝶。她好几天没来找我，我意识到自己错了，去找她，看见她在用木色竹竿和小姨的肉色丝袜作网。她尴尬地把洗净的蜂蜜罐子递给我，说，蝴蝶不好捉啊，这么多天只捉住一只。我打开瓶盖，把奄奄一息的蝴蝶给放了。小析很吃惊，问我为什么放走它。我回答不上来。她又问我为什么讨厌蜻蜓，为什么喜欢蝴蝶。我还是回答不上来。

这世上或许没有无缘无故的恨，也没有无缘无故的爱。但是有很多没有原因的讨厌和很多没有原因的喜欢。我说，就是喜欢啊，怎么了？

泡泡水被风吹没了。小析拉起我，跑去附近一个大学里偷了一辆破旧的自行车，把蝴蝶风筝搁在自行车原来的位置。她说，我们这不是偷哦，是交换。我说，你这是自欺欺人。

她驮着我，脚底有规律地在空中画圆。我们闯入这间夜里，凉风习习沁进肺里，剥落肌肤表面的汗。这个夜晚让我感觉，是我们在奔向风，而不是风在吹向我们。

自行车走了很远之后停下了几站。都是水果站。我和她溜进树林偷黄桃，又酸又硬的桃子肉牙齿非常不喜欢，我们把桃皮儿吐进土里埋起来，趁着夜色像在埋什么尸体。停在枣树边，枣儿还只有豆子那么一丁点儿，小析悄声贴近我耳朵说，九月应该就熟啦，到时候咱们再来。我们又去别人家的草莓大棚，用书包兜了个满才舍得出来。最后一站，我们到了小时候偷摘的樱桃树旁。树上已没有一颗樱桃，却枝繁叶茂，蓬勃得让人失落。我俩在原地怔了几分钟，也许是十几分钟。我双手交叉抱着自己胳膊，跟小析说，咱走吧，你累了吧？我来骑吧，我载着你。

"没累。"她转向我，看着我，"你冷么，哈哈，都变小驼背了。"她说完迅速地抱了一下我，迅速得我都来不及张开胸前的胳膊抱住她。可无论这点温暖多么的转瞬即逝，我还是闻到了她头发根染上汗气的洗发水味儿，还有，她胸前柔软的部分隔着衣料碰到我小手臂的一刹那。

车路过一群废弃的拆迁房，我让小析停下，说这儿多像我们小时候放鞭炮的地方啊。我一蹦一跳的，在踩过一堆残碎的砖瓦时，钉子刺穿帆布鞋底扎中了我的右脚。我没喊出来，事实上并不很疼。她也不知道，因为暗暗的月替我打掩护，我一路忍到了家。

是钉子使我免于一顿棒子炖肉。妈妈心疼坏了。鞋子连同钉子被拔出我脚的时候我才真真觉出疼，更疼的是，要使劲挤压，才能让脏了的血流出来。爸爸让我自己洗伤口，扔了瓶双氧水给我就开门出去了。我看了眼墙上的钟，凌晨一点多，哪家药店能开门呢，我想。可他还是带回绷带棉签之类的，以及一盒消炎药。我想，假如小析受伤的时候也有爸妈这样心疼和照顾，该多好。

她姥姥开始频繁地进医院，住院出院又住院，仿佛没有尽头的循环。我多希望她亲生父母快些来。

我们越来越少见面。好在家里给买了手机，我隔几天就给她打个电话，讲我在学校有多么憋闷无聊。她却很少说她不开心。初三刚立夏不久，一堂语文课上，我收到一条陌生号码的短信。

"看窗外。楼下。"

是小析，站在我视线正好能够到的楼下。地上躺着颗星星，轮廓缀着蓝色的碎玻璃，她站在星星旁边，左手挥啊挥，用口型对我说，"送给你"。

我立马朝老师撒谎要去厕所，淡定走出教室后飞奔到楼底。我带她坐在学校外围废弃的楼后的槐树下。槐花洒了一地，有好多嵌在泥土里。我很高兴，但我没说出来。安静横亘了好久，我才发现她似乎并不开心。想问，但不知如何问，开头的一句很难。她说，你说大人为什么要骗人呢。

我不知道怎么回答，我也知道她不需要我的回答。她从衬衣口袋里扯出一张纸，好像是血型化验单，她把纸一点一点像掰泡馍一样撕得细碎。小纸片混进槐花瓣儿的队伍中，香成一片。

"小时候我就经常撒谎啊。比如我喜欢买好多漂亮外壳的碳素笔，每次妈妈看到那一堆笔，我都骗她说都是你的。我怕妈妈把我喜欢的笔都没收了啊，所以才骗她。说谎是为了保护自己喜欢的事物吧。"

说完我发现有小虫子落到我衣服上，我怪叫着夸张地晃动身体，试图把虫子抖落。也许是我动作太过滑稽，她张大嘴巴哈哈哈笑。我假装手里有虫，做了个朝她嘴里扔虫的动作，她笑到躺进树根怀里了。我拿手遮在她嘴巴上空，真怕树上有虫子掉进她嘴里。

中考后的暑假，小析谈了个舰艇学院的男朋友。本想趁着放假多去找她的我，识相地躲在家里等成绩，以及成绩出来后承受爸妈联合说骂轰炸。我被报名了高中课程提前学习的学习班，课被排得很满，作业若是都认真做的话，比上学还累。

很快高中生活就在人生的段落里另起一行空两格。我在班上遇到了小析的初中同学，巧的是，他还一直喜欢她。他听到我打电话叫了小析的名字，便凑过来询问我。我很是懒得搭理他，但他对小析不跟他交往而和大我们五岁的男人交往感到特别不甘心。经常缠着我要我帮忙选买礼物以及把礼物给小析，还要我帮他出谋划策赶走那个老男人。

我问他，才二十一，哪里老了。他说，你不觉得他俩根本不合适吗，年龄差那么多。他说，你得帮我。说着，他拽了拽我的马尾辫。我忽然想扇他一耳光。他还笑——小析说小时候她总拽她朋友的羊角辫儿，那个朋友是你吧？

我瞄准他的鞋，狠狠给了他一脚。

小析的高中离我高中很远，离我家很近。可我不是走读生。于是，有那么几个晚上，我借着回家拿生活用品或书本之类的，去她学校找她。偶尔顺便把枫买的礼物给她。

某个拿礼物给她的傍晚，我第一次听到她的揶揄。她拿着一盒橡皮泥对我说，枫以前都送项链头卡手表之类的，怎么现在变得这么会挑礼物了。她说完又弥补我似的，露出讪讪。我可能哪里搭错了弦，问她，不觉得跟那个男的不合适吗？

"合适。你觉得合适才可以在一起咯？那你觉得什么是合适我的？"

我没吱声，她又问，"枫适合我吗？"

"我。只是……没想到你会找一个那么……就是，你懂我要说的吗？他被纪律束缚惯了的，就算不崇尚，至少是遵循认可的。而你……我以为你最不喜欢的就是那样。"

"越是被规则套住的人，就越向往自由。他在疯狂的时候会更加疯狂。"

我愣了几秒。转身走了。没再去她学校找过她。

那几秒呆愣，是我想到了一个我不愿面对的事情。当初她靠近我，或者说选中我当朋友，也是因为我是个被规则套住的人么？所以她才带我冲出循规蹈矩，她对关于我所有的成就感和喜悦就是把我引向疯狂。是吗？

我很久没联系她。庸碌中，寒假就来了。那一年的情人节恰好排在除夕后一天，除夕夜晚，枫打我电话让我帮他约小析，我没答应，他就一直打我电话，零点时候他又打进来，我接起，说你再打就绝交。他像事先排练好的一样，脱口而出，"我一直打，你觉得烦为什么不关机呢？"

对啊，我干吗不关机。摁掉他电话之后，我发现刚错过的电话是小析打来的。给她回短信，打字中她的短信先发过来了。"新年快乐哟！"

我把打的字都删掉，重新打了"新年快乐。"发送。关机。睡觉。

春天时的月考，我考得比中考还惨不忍睹。爸爸厉声质问我，他花钱把我送进最好的初中，而我就考个二流的重点高中，他又花钱给我择校选了个最好的重点高中，我是不是还要继续不争气以这种成绩混日子。他说，是不是还在跟那个小姑娘一起鬼混，他说，跟那样的人做朋友能有什么前途。我知道他指的是小析，可我好久没见她了，成绩下滑跟她有什么相关呢，她何其冤枉啊。可我没替她争辩，没顶嘴。我说，好，以后都不跟着她混了。

　　那天晚上我翻出小学时的几个本子，上面有几页小析画的插画，还有一堆我俩从前传过的字条。看着它们在蜂蜜瓶中燃成一绺绺黑色灰烬，我被烟呛出眼泪。瓶身变黑了，我把一块蓝色碎玻璃放进去，带到海边，不道德地，用尽全力扔向海里。

　　隔周我回家，闻到自己屋子里还有股纸被烧死的尸味儿。我买来烟，像上香一样把它们竖着立在地板上，点着。屋内很快弥漫起另一种让人喘不过气的味道。我躺在一排燃着的烟旁边，享受窒息的舒服与疼痛。

　　白天上课我都不揣着手机了。每晚回寝室，开机后手机屏幕会涌来好几条短信。然后渐渐只有一条，然后渐渐一条也没有。我翘课去医院看望过她姥姥几次，周末去她学校操场沿着跑道走上几圈。夏季像土匪一般，在跑道终点前截住我，不带前奏地来了……

2.

讲台前的语文老师正在训责没答对问题的同学，"什么记不清！记不清那就是不记得，就是忘了！"

嗯，对哦。我不是记不清她什么时候走进我生命中的。我是忘了。我趴在最后一排靠窗的桌子上，突然哭起来。

我多希望也忘记她是什么时候消失在我生命里的。

那天记忆那么混沌，可我把那个日期记得死死的，像僵硬的尸体手中攥着自己另一只手。她打来第九个电话，我终于接了。她说她要去看海，我要不要一起去。我说算了。她爬上三楼敲门找我，我说外面风雨好大，我不想出去。我没回头看她的脸。妈妈说，小析你也别出门了还去什么海边啊今天台风，正好我买了黄花鱼呢。我听见关门声，听见妈妈的叹气声。也许她走之前笑着朝妈妈摇了摇头。

她姥姥被小姨接走之前，我跟妈妈在菜市场碰到过她。她身上的病加了一项阿兹海默症，把我认成小析，拼命拽着我让我跟她回家。而我拼命地往远离她的方向退，在街上无比失态地大叫让她松开我。我好恐惧。妈妈把我和姥姥送到她家，对我说，你是她最好的朋友，她姥姥现在把你当成她，你就不能照顾一下老人心情，装一下吗。

其实我多羡慕她的阿兹海默症，那样就能把自己留在她还在我们身边的时空。可我没法，我只能奋力逃避，逃避所有关于她的人事。

那晚我睡在小析曾经睡过的床上，不断地做梦。也不是什么噩梦，可我惊醒好多次。我在脑里一片混乱中睁开眼，看见纯蓝窗帘上映着花盆里的仙人掌影子，那块黑色是阴影中更深的阴影。第二天我彻底醒来，发现仙人掌只剩个萎缩的躯壳，已经快死了。

姥姥醒过来，认出我不是她。她叫着我的名字问我，小析去哪儿啦？我再没法抑制眼泪，毫无顾忌地用最大的声音哭。她走过来抱住我，我的脸隔着衣服贴在她肚子上，我闻到她身上湿毛巾的味道。

怎么逃都没用的。我身上有她遗落下的一切痕迹，我离自己这么近，我怎么逃。可我不信她真的去了那海边。那年我们为了违反安全公约去水库滑冰，也是那一年，有同学滑冰不幸掉到不结实的冰面下死掉了。她就再也不去水库了。我问为什么不去，她说她怕死。

我不信她那天真的去了海边。我不信。

小时候，她骗我说门牙在开门的时候被磕掉了，特别疼，吓得我哭了，她才说门牙是自动脱落的，还会再长出新的。这一次，她也是骗我的吧。我哭了，她就会出现，说，"啊哈，你好傻，逗你玩儿的。"

枫隔着过道伸长胳膊递过来一包纸巾。他现在是我男朋友。他跟我表白，说早就已经喜欢上我了所以才假装继续追小析，故意缠着我。我没有犹豫，跟他在一起了。

我时不时不经意地向他问起小析的初中生活。那些没有我陪伴的生活。他不加语气地说起，让我不尴尬地知道了想要知道的。当然也有我不想知道的。比如小析和男朋友没过几个月就分手了。比如，小析知道姥姥是自己的亲姥姥。她父母都去世了，她等不来亲生父母接她走去过幸福的日子。

当枫给我薄荷味口香糖时，我才意识到自己错了。他说，"以前听小析提过，你最喜欢薄荷的口香糖，你俩就这样……"说着他取出一条从中间撕开，把一半递到我手跟前。"对吧？"他说。我打掉了他手里的口香糖。我以为他和我在一起的目的是跟我一样的，但我错了。他是真的喜欢上我了。

"我真的。超讨厌薄荷。"可小析喜欢。而我喜欢看着她把喜欢的东西分我一半。

我说："她骗你的。我是，什么味儿的口香糖都可以，除了薄荷味。"

我和枫分手。剪短发。迅速跟班里一个长相帅气的男生开始谈恋爱。他接吻时总对我说，你能不能也动动嘴唇。没多久，我和他也分手了。

毕业的狂欢聚会被投票安排在估分前。大家都喝多了，我也喝多了。躲过枫的拥抱，我藏在灯光外面的阴影座椅里。前男友凑过来，端着酒沫快要溢出杯沿的杯子，他喝了一大口，加深了醉醺醺，"你……你是不喜欢我呀，还是不喜欢男生？"

自胃里传出一股恶心，我鼓起腮帮子，朝他摆了摆手，另一手捂着胃冲出包厢冲进洗手间。走出洗手间，枫等在那儿，让我想到他是不是也曾这样站在洗手间外面等过小析。他问我要报哪儿的大学。我说离家不远的吧。

他像是知道我在说假话，三个平行志愿都填了南方的大学。好在我们最终没在一个城市里。

大一下学期，我遇到喜欢我的女生。她发短信说喜欢我，我犹豫了一下，回她，好啊。

我觉得她很像从前的我。

那么现在的我是什么样子？是习惯上课时跑到楼梯边靠着栏杆发一场呆的我，还是拼命往前跑，以为速度快到一定程度就能把灵魂抛在身体后面的我。夏天又来了，不带任何修饰的。

早上，我在牛肉馆食堂看见一个特别特别像她的女孩。她一直低头吃，都没注意到我一个座位一个座位地靠近她，都没注意到我不转眼地盯着她，盯得泪快要掉出来。她吃完，端着盘子走了，我坐在有些空荡的食堂，面前飘着鸡蛋饼的味，低头一看，好像她做的土豆饼。眼泪噼里啪啦砸到饼上。

我偷采几朵栀子花送给女朋友。她低头抿嘴一笑又抬头眼神含光地看我，是我最喜欢的她的表情。而后栀子花颓败，花坛里黄凄凄的一片却仍不遗余力地挥洒香气。七月了。我们从军区军训回来赶上学校停水。有段时间来水但澡堂外的队伍依旧长得骇人。我和女朋友去了校外宾馆洗澡。

我拿着吹风机给她吹头发，她惬意得跟只小猫似的，我突然觉得不妙了。她为什么越来越像她。她大概从来都不像我的从前。晚上我们很晚睡，隔壁还有打麻将的声音。没有人的说话声，我觉得恐怖，像是麻将们自己跳到空中又落回桌上，砸出一个响。

这年月饼节，枫说来成都吃喝顺便看看我。女朋友作为成都土著人，带着我和枫狂吃了三天。我逃了中华文化课，去机场送他。他迟迟不取登机牌，跟我站在亮澄澄里面望着外面天上的墨由稀变浓稠。我知道他还有话没说。

"你想说什么？"

"听说，那附近的海要被填了。"

我垂下眼睑，"哪里的？"

"不是……"他卡壳了一会儿才又继续道，"是我唱了首歌，录下来了。想给你听。"

"嗯。好。等你到学校了邮件发给我吧，我很久不登Q了。"

我想，我当时的表情应该跟女朋友现在看到这盘磁带的表情是一样的。但她没说，居然还用磁带录音好土之类的话。我就喜欢她这样。她还兴冲冲不知从哪儿寻摸来了一个复读机，把磁带撂进去。

我把灯关了，躺到她左边。黑暗里，复读机"吱吱"一串杂音后，枫的声音才出来。没有伴奏，他清唱得很难听，录音的音质也很差。没等唱完，我摸索着黑漆漆，按下停止键。

女朋友侧过身搂住我脖子，我赶紧把她手挪到我腰上，握在手心里。我怕下一秒她的手碰到我脸颊的泪。但她应该是发现了。她亲我的脸。

"《山河故人》里说，每个人只能陪你走一段路，迟早是要分开的。可是我，很想陪你走到最后。"

女朋友翻出了原唱，说要给原版一个公道。我每次去她宿舍几乎都能听到那首歌在单曲循环。"夏蝉猛把天地叫窄，容不下过去未来。"别的词我都记不住，却快被这两句给洗脑了。可能是枫唱得太跑调，我总觉得他唱的并不是这一首。

一直想再放一遍枫的版本，但后来复读机被还走了，再后来磁带也不知被我放哪儿了。直到要搬校区，我整理东西时，从上面一格柜子最里面用衣架够出了这盒磁带。

宿舍里的东西都被清到校车上，我从宿管阿姨那儿借来录音机。

还是杂音，这次似乎还有乒乓球声，瓶子里振荡的水声，猫叫声，风声……我很纳闷，自己是不是放错了面。

"你是不是喜欢那个羊角辫儿？"

我正要按按钮的手定在半空中抖，空调的凉风钻入我衣领，楼上有椅子拖地的声音，鸡皮疙瘩如凶猛的火势窜满我整面胳膊。

"嗯，喜欢。就是喜欢啊，怎么了？"

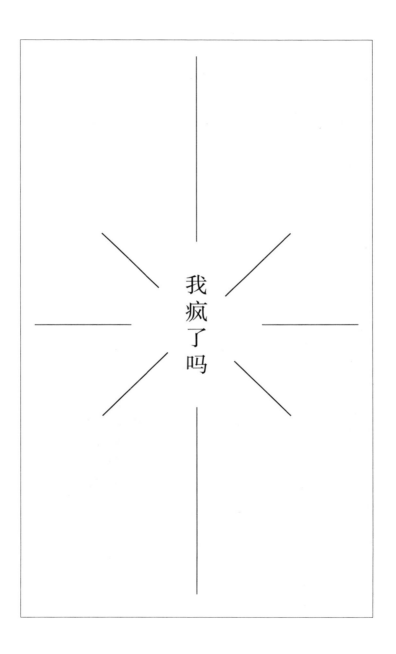

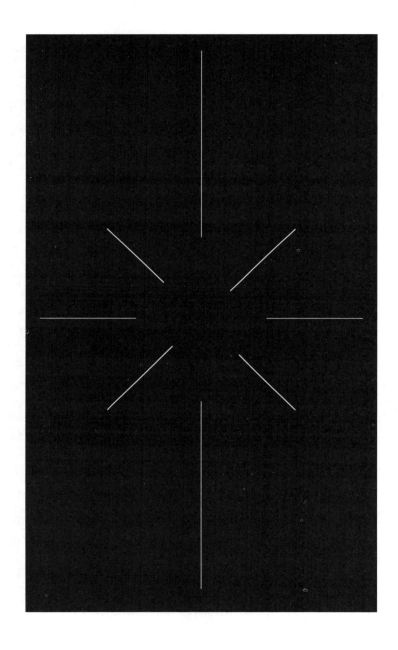

一年前，我的孩子死了。他死于食物中毒。人们都说那是意外，但我知道，其实是他们想让我走出悲痛而撒的谎。意外？怎么可能！是谋杀。那个外表纯朴一脸无辜的女人就是犯人。

　　这个犯人住在我家楼下。中年独身的她，一定是嫉妒我们一家三口其乐融融幸福美满，所以伺机下毒毒死了我的孩子。白小他才五岁啊，无端被人抹去了生命。作为他的母亲，每天醒来一想到罪犯竟好端端活在这世上，没有受到一丝惩罚，我那难以将息的恨意便从心窜遍周身每个毛孔。

　　当我被告知白小已去的时候，还以为姐姐在说谎逗我。她知道我有多爱白小多在乎他，所以常常拿他的事儿来骗我。说他总黏着她，已经爱她超过爱我了。说他不听我的话把玩具摔坏，却老实听她的话，还把新玩具拿给她一起玩。说今天从幼稚园接回他时，听他班上其他家长说他好像喜欢上一个女孩儿，看来我早晚会被他冷落到一边……这些话可能或真或假，但我都不去信。在她第二遍说白小已经死掉时，我有点气，指责她道，今天又不是愚人节，而且你不要一直咒我儿子。我知道姐姐一定从我的语气中听出不悦了，我以为她会如往常一样，过来晃我肩膀打哈哈，跟我撒娇好像她才是妹妹一样。但她这次极严肃，双手捏住我胳膊，像要拉住即将瘫倒在地的我。她说她没开玩笑。

隔了好几秒，我才逐渐进入懵的状态里。我空白的脑子只剩齿轮般的"咔咔"声，周遭的一切变成仿佛气球里的空气，沉钝的，忽而又轻盈地腾起。只有我逐渐瘫下去，不甘心地质问姐姐，白小刚刚才跟丈夫一起出门，怎么是你千里迢迢跑来告诉我这个？你说你参加了什么整蛊游戏？

你丈夫正不敢告诉你，所以请我来安抚你，通知你。她说。

她的语气太过凝重，但我眼前的一切都很虚空，像幻象。这一定是梦，我要阖起眼睛，待到再睁开时，梦就醒了。我这么告诉自己，然后闭上眼。我以为我会昏死过去，可惜现实没给我这样逃避的机会。泪腺的闸快要崩溃了，但我要压制住，不能哭。哭什么？这都不是真的，为什么要哭。不能哭一定不能哭，哭就代表这可怕的是事实。我不信。不信。

我盯着姐姐的脸，企图看出她的什么破绽来。她神情不忍而悲重，毫无破绽，右手重重抚过我的后背，一遍又一遍。我就在这一遍遍的揉搓中撕心般地凄吼出来，破音地哭泣。姐姐同情又慌张地抱住我，说他是误食了东西中毒而亡。

这一刻，我完全不想知道是什么原因导致的。我只想有个谁能突然拍拍我肩膀，说，嗨，哭个屁，耍你玩儿的。然后，把我的白小抱到我跟前，让我紧紧搂住再也不撒开。

但是我一直没等到这个谁。我堕进深深的绝望中，越来越低，眼前的黑越来越浓烈……

我总会梦到白小死前的场景。他痛苦的喊叫呻吟声，无法自我控制的身体抽搐。他绝望的奄奄一息的眼神刺穿我的心脏。其实我睡不着，然而没有睡眠的时候，这些景象依旧掐住我的脖子，不给我喘息的余地。当然，这些皆是我的哀痛的幻想，我连他的尸体都没勇气去看。我怕，怕看到他孤单单地躺在地上，自己会克制不住想去陪他的念头。

我狠狠质问丈夫，为什么会这样？为什么去散步，结果散到了那个贱妇家里？为什么不好好看着白小，结果给他偷吃到有毒的东西？他吃了之后，你是第一时间发现的吗？如果是立刻发现，怎么他没抢救过来？你发现后，有迅速给他采取抢救措施吗？有立刻跑下楼带他去医院吗？就算，就算在最后……我哭得喘不过气，还是继续问下去，最后你看到他真的真的快不行了，为什么不最快告诉我，让我能赶过去看他，他的最后一眼啊……

一想到白小望着这世界的最后一眼不是我这个深爱着他的妈妈，而可能是凉冰冰的车座、冷漠的窗玻璃、他不负责任的该死的爹，我所有的郁结都如淤血般积压在心底，越来越沉，仿佛要把我已被捆住的心勒出更深更痛的伤口。

丈夫刚开始面对我声泪俱下的阵势，还会抱我安抚我，向我一一细细解释。我自然都没听进去他那套不知真假、每次都反复重复的统一答案的所谓解释。他的解释有必要吗？白小都已经被他的失职害死了。某种程度上，就是他间接谋害了白小。按照这条线路算下来，我也是谋害白小的帮凶。如果我当时亲自带他出去玩，他就不会吃那贱妇放在屋子墙角毒老鼠的药。哪怕，我做一次黑脸，那天就不许他出去玩，那该多好啊。

他肠胃灼烧的时候，他就在我脚下一层承受痛苦的时候，我在厨房做晚饭，在弥漫的油烟中琢磨这星期还没有给他吃哪一种他钟爱的零食。我被围在兴冲冲的炝炒声里，没能听到他最后的哀恸的哭音。那时候，我想起了那个他最爱的零食，但后来再没机会带他去买了。

丈夫在照顾了我半年之后，跟我离婚了。他终于再也受不了我每天凌晨哭得床面像汹涌的浪潮一样抖动。他说对不起，他无法承受，他要离开了。

果然，我早就看出他根本不爱白小。我连气都咽不下去，他竟舒坦愉快而又很合理似的离开我，奔赴他崭新的好日子去了。我很清楚，这段时间我神经质，常常发呆发着发着就发疯，泪不受控制地往外滚落，哭得好像要呕出什么来。半夜我的哭嚎声吵醒周围邻居，丈夫要先安抚我再去一一赔礼道歉，再回家继续开导我。由于担心我，这半年他几乎不去上班，就守着我。他快要被公司辞退了。我对丈夫偶尔会感到内疚。但是那些负面情绪狠狠攥住了我，并不是我在支配情绪，我也想好好的，可我被扼牢被困住，我，逃脱不了。

因为内疚，我可以接受他要离开我。但我不能接受他竟然要跟一个杀掉他小孩的女人在一起。他怎么可以！怎么可以这样对我们的孩子。即便他不爱白小，难道就非得这么轻视他吗？

我的白小虽然是领养回来的，但没有血缘关系这一点丝毫不妨碍我对他纯粹的爱。

白小三个月大的时候被抱回我们家里，那时丈夫多欣喜若狂啊，半夜睡得迷迷糊糊都要爬起来去看一会儿白小睡着的小模样。事实上，一开始正是丈夫提议领养一个小孩。我倒没那么高兴，我不愿别的什么来侵入我俩的二人世界。可后来，我渐渐被白小融化。爱像晾在阳光下的冰块，逐渐汇集成细水长流。我多爱他啊，某次喂他吃饭时，忽然意识到自己对他的爱已经从眼神生长到灵魂中。他陪我度过的日子，比丈夫陪在我身边还多。我爱他超过爱丈夫。

他经常拿含笑的目光望着我，小手扒在我手背上，试图站立，好把脸靠近我的脸。有时候，我忙着翻译文稿，无暇关注他，将他冷落在一边，他会乖乖躺在我身旁的坐垫里。偶尔咬咬垫子，偶尔翻身挠挠玩具。我完成翻译后，偏头一看，原来他早在自娱自乐中睡着了。熟睡的眼睑安然若星辰，小小的身子微微缩着随呼吸一起一伏。我的心忽然软下去。我想，他是这世上最好的小孩。他是我的小孩。

而我的小孩被谋杀了！这个罪犯她为何如此阴狠？我怀疑过她与丈夫的奸情，但一直没想要去理会这件事。我曾坚信，无论如何，白小和丈夫还有我是一个完整的家，没人能分割我们。结果沦落至此。都是那女人太过歹毒。事发的半年前左右，他们开始暧昧，前段日子不知何原因，偃旗息鼓了些。

真没想到这个女人压抑着，原来在预谋这么残忍的事，她偷偷摸摸计划着一切，她谎称家中有老鼠，以便顺理成章地把老鼠药放在家中地板上。她可以养猫，可以使用老鼠夹，但她没有，她偏偏买了毒药。她还在飘窗上放了一盘白小爱吃的零食，那里距离毒药所在的墙角只有不到半米。

她以为所做的种种恶事，我发现不了么。她那天一定都算准了丈夫会带白小出去玩耍。下午时，她下楼看到我拎了鱼虾蔬菜，她还笑嘻嘻的，在与我打照面时客套寒暄了几句。表面能做到这样和善，背地里却搞那样龌龊可耻的事情，她的心机何等深。她知道我丈夫不会弄鱼虾，晚上一定是我来做饭。我推测，甚至可能是她打电话喊丈夫带着白小去她家里。我翻过丈夫手机，却并没有当天的通话记录。我分明记得，当天中午我打给他问晚上想吃什么，但一整天的通话记录都被清空了，短信也无一条，他必定是要帮她隐瞒。

我一直在搜集证据，但有力的实在不多，所以还无法控诉她。我着实后悔那天沉浸在白小去世的悲痛中，没将现场拍照，也没有顾得上问医生白小死亡的具体时间。

而今，丈夫走了。他搬去跟那个蛇蝎女人住在一起。白小死后，那女人隔天就搬走了，如此迅速，难道还不是早有预谋吗？我不明白大家为什么都帮她说话，说她无法面对我，所以才搬走。说我见到她也一定很难受，所以看不见是对我好。屁话！

我的恨从不会因为眼前没看到她，就消失就不存在。我很清楚，就算再恨，她也没法把活生生的白小还给我。但恨是控制不了的，我一定要她得到应有的惩罚，付出该付的代价。我的小孩平白无故被杀害，事情绝不能就这么不了了之。他那么无辜。就算要论有罪有错，也都是我。

这女人想要我丈夫，拿去好了。我趁早，趁事情还没有酿成如此地步，把丈夫让给她就是了。只要她不对我的白小下手，她要什么都给她。可已经来不及了。我心中真切的懊悔跟她虚假地说的对不起一样，作用为零。

丈夫走后，我发作的次数渐渐少了。我不知道这具体是什么原因，或许是时间久了难过被冲淡了，或许是我开始接受心理医生的治疗，也或许，是我心里开始发出一种声音，它告诉我必须振作起来，坚强起来，不能让某些人逍遥法外。

夜晚，我与黑暗互相虎视眈眈。我孤零零地躺在冰冷潮湿的床里，会梳理过去的半年里，丈夫对我的体贴照顾，我忽然发现一个令我想不通的问题。他为什么都不难过？甚至一滴眼泪都不曾流过。就算他不爱白小，可白小活生生地跟我们在一起生活了四年多的时光，他居然一丁点儿的伤心都没有。我越想想透这一块就越想不出原因。后来我琢磨到了，他可能正是跟那个恶毒的女人串通好了的。因为他想离开我，所以先斩断与我唯一的纽系，以便彻底离我而去，以便未来再也不需要见到我联系我。他怎么能做到这样狠心？如今想来，半年的照顾只是他对我仅剩的一点点愧疚，他早已迫不及待要离开我。

虽然我也被自己的猜想给吓着了，但这很有可能是真的，不是吗？要么是那个女人策划好一切，然后找丈夫配合，要么是她和丈夫一同商量出的阴谋，甚至还有可能是丈夫先跟她提出的这一套行动……我不敢往下再想。我像个狗一样趴在被窝里呜咽起来。

我要排解这种负面情绪，于是决定出门转转。周围的路灯太亮，人声太喧嚣，怎么大家夜晚也这么高兴快活呢。往日，我鲜少在黑天带白小出来玩。因为有次晚上带他出来，他跟别的小孩子玩疯了，几个孩子居然互相打起来。还好我及时将他抱回怀中，不然他可能跟另外两个小孩一样手啊脸啊都被抓出伤痕。还有次，我就几秒钟没盯住他，他就不知道跑到哪里去了，我后来找了好久才在公园的另一头找见他在玩泥巴。那晚，找到他后，我坐在沙子堆里就哭了。他察觉到，乖乖地跑过来，双手抚我膝盖，拿脸蹭我的泪水。我想打他教训他不要乱跑，可看着他知道错了吐小舌头的模样，我又舍不得。我多怕就那么弄丢了他啊，可我最终还是失去了他。我现在希望他只是走丢了，希望他就在某个公园玩泥沙，瞎跑乱跳。即使我没法拥有他，我也不愿他已经不在这个世界上了。

我穿过白小曾嬉闹过的公园，遇到一条有着太过明亮路灯的街，把我眼睛刺晃出眼泪来，还很过分地把我的悲伤表情暴露给夜晚。我匆匆拐入另一个路灯昏黄的街，用手背抹干眼泪。

我看到前方一位少妇牵着她的小孩，那个小男孩像极了白小年幼时候的样子。他回过头来冲我笑，我封好的泪堤瞬间又崩塌了。他真的太像他了，羸弱的小腿，跟不上大人的步伐因而踉跄的脚步，以及行走中扭来扭去的小屁股，有点摇晃的背影简直一模一样。他那不成熟的妈妈让他在台阶边走，多危险！看！他刚差点踩空了两回。还好她还知道牵着他，不然他就真的摔下去了。我好担心这个小孩子会摔倒，一直跟在他们后面走。我一路无声地哭，我发誓我后来没有在想白小了，我脑里空白一片，我不知道自己为什么止不住眼泪。我像一个守护这小孩儿的鬼魂似的默默跟在他后方。他最后被他妈妈领着走进楼洞里，我停下蹲下来，感到特别累，都忘了最开始为什么要跟着他们走，只是不停哭。

被姐姐接回家之后，我很快睡着了。第二天，姐姐做了几样我喜欢吃的东西，陪了我一会儿又走了。我本以为我不需要她来陪我，但她走到门外轻轻关上门的那一刻起，我突然无比失落。我希望她能回来，跟我一起坐在沙发上看不知道在演什么的综艺。我知道她不可能理解我的感受，她没有过小孩，她不会知道这些日子我究竟有多痛。小时候，我溺水过，自从白小去世，那种溺水的感觉又回到我的身体里，时不时地捶打我。那种无可凭依却不由自主的求生挣扎，那种无能为力的窒息疼痛。我好想告诉姐姐，就是那种感觉。当年是姐姐哭喊找人拖我上了岸，是姐姐救了我。但这回，她只在电话那头不断嘱咐我放开。

放开什么？明明是汹涌的水包裹冲击我，我怎么放开？姐姐她变了。她变得如此冷漠。她最近只顾忙自己的事业，以前我以为她只是不谈恋爱，她可以舍弃爱情，原来她现如今连我都可以不理，可以抛弃。她连陪我一天的时间都抽不出来，她已经不似以前那么关心我了。在她心中，我这个妹妹能有几两重。

我给她说白小的死不是意外，他是被丈夫跟楼下那恶女人一同谋害的，我希望她能帮着我分析一下整理一下我的推测，我都没指望她能帮我去搜集证据，可她连这都不耐烦。她说是我想多了，根本没有那回事，还不让我去报案去起诉。现在我越想越气愤，如果当时不是她阻止我，说不定早就能查出证据证明他们的罪行了。

我又气得哭起来，掀翻了桌上姐姐做的饭菜，不过瘾，又继续推倒玻璃桌子。桌子没碎，我便抄起陶瓷杯、果盘、遥控器、笔记本电脑、砸过去。直到听到它彻彻底底碎裂一地的声音，我才心满意足。我停止傻子一样的哭泣，决定再也不给姐姐打电话也不喊她陪我了。

接下来的一段日子里，姐姐打电话过来，我都挂断了。这迫使她常常来我家确认我没做什么伤害自己的事情。好像成了我在要挟她来一样，于是我又不得不接她的电话和视频。

我在白小去世后中断了翻译的工作。姐姐没有逼我继续工作，她说有足够的钱一直养我。可她有时候又逼我多出去见见朋友，或者认识一些新朋友，还逼我去旅游。我对她给我的飘忽不定的爱感到惶然不安。再说我怎么可以自己去玩乐散心呢。白小才去世刚过一年，我怎么可以忘掉他而独自享乐。姐姐竟然还带我去见别的孤儿小朋友。她真的很过分！我的白小只有一个，就算他死了，也没有任何小孩子能够替代他在我心中的地位。

　　没有找小孩替代他的意思。姐姐说。

　　那你带我看这么多小孩，是想在我伤口上撒盐吗？我气呼呼地质问姐姐。

　　我感到姐姐明显不耐烦了，她把车开得飞快，开进地下停车场时险些直冲撞进拐弯处的墙里。我知道她生气了，但明明就是她不对。难道随便领养一个孩子就能让我像爱白小一样爱那个小孩吗？

　　我把这些告诉朋友，向她诉苦。她有个七岁的女儿，同样是母亲，我想她一定懂我的体会，了解我的立场。谁知，她竟也劝我再领养一个，重新开始。

　　都已经过去这么久，你再不走出来那可实在不应该了。朋友说。

　　她说这话的时刻，还搂着她女儿。我强压住内心的忿忿不平，没有立即朝她吼出来。可不是嘛，现在是我失去了孩子，而不是你，你的孩子还好好坐在你身边呢，你自然说得出这种冷血的话。总之也事不关己是吧，敷衍安慰我之后，还得赶时间送女儿去学芭蕾。

我没想到十几年的友情却跟我那可笑的爱情一样脆弱不堪。我没再回应她的劝慰开解，独自默默进了卧室，靠门坐在地上，我听到她在客厅继续跟姐姐交谈的声音。

姐姐说，我一开始也以为就跟她小时候没了一个心爱的娃娃一样，她过几天就不伤心了，没想到她折腾了一年多。

朋友说，你不用太担心，其实她恢复得差不多了，只是还在自己给自己施加不必要的压力，再过阵子就好了。

我真不敢相信自己的耳朵。我的愤怒值在上升，我颤抖着拽开窗帘，看到走出楼底的朋友手中拿着跟来时不一样的布袋子。果然印证了我的猜想——姐姐给她好处，让她来说服我再领养个孩子。

我内心的一些东西在这一刻崩塌，垮成一堆摊在我面前，宛如一座坟冢。我的孩子被拿去跟布娃娃相提并论。我亲近的人们全都不站在我这边，而跑去我的对立面。他们同仇敌忾，统一口径，商量对策孤立我，欺瞒我。

可怜的白小，只有我在乎他的生死，其余的人都那么冷血无情。他死了只有我心痛，旁人只当这是无关痛痒的，无所谓的。他活着的时候，大家都曾被他的可爱所俘虏，都曾满面温柔地伸手摸他，拿吃的逗他。他们那时候喜爱他都是假的吗？可能吧。不然怎么一夕之间，所有人都能那般轻易地忘记他，大步往前冲，奔赴新日子。

我做不到，也不愿别人强迫我去做到。这些逼我的人是魔鬼。

我不知道怎么处理眼前坍塌的感情，冷冰冰的地板托着我，我像漂在孤零零的小岛上，又像沉在深不见底的海水中。我做了梦，在梦里回到白小死掉的那天，然后回到白小尚在人世的那些日子。在梦里，我似乎拥有能把日子从后往前过的超能力。我多希望现实是梦，梦是现实。

醒来后，我爬起来把所有药都扔了，那些对我毫无帮助的药片早该扔了。我都笑话自己，之前居然听医生和姐姐的话，按时吃药。

我翻出被锁住的回忆。白小玩过的玩具，穿过的衣服，吃饭用的碗，吃剩半袋的饼干，咬烂的已干腐的芦荟。他喜欢玩的足球已泄了很多气，但他的床还是走那天乱糟糟的状态，相册定格在了他走的前一天，再没新照片的加入。一张张照片掠过我的眼，眼底渐渐被积累的泪弄得模糊不清。想起他小不点儿时，我经常得抱着他上下楼，后面却想抱都抱不动了，他越来越大，吃得越来越多，是个小馋猫呢。我和丈夫第一次吵架，就是因为丈夫给他喝酒。我怎会不知道是他黏着丈夫要尝尝酒的味道，但我还是责怪丈夫立场不够坚定。他本来肠胃就不好，喝酒后拉了好几天肚子。我也不清楚是否是酒的问题，反正一股脑地把罪责全归到丈夫。现在，那些争吵的时光都那么令我怀念。那时候白小还在，丈夫还在，即使有吵有闹，那也是幸福的一家三口。

我打给丈夫，他没接。我接连打了好几个，他都没接。看来他把我拉黑了。我很不甘心，怎么一切成了这样？我想向他问个清楚，我们白小做错了什么，我又做错了什么。

　　我找丈夫以前的同事，问他要丈夫现在的住址。他支支吾吾顾左右而言他，显然是丈夫交待过不许他告诉我。我又找了好几个丈夫的朋友，他们对我皆如是反应。

　　我没有放弃，我知道恶女在网上卖衣服，所以我在她店里下单，通过快递的寄件地址找到了他们。从这恶女踏进小区大门起，我一路跟在后面。我放轻脚步，用衣帽遮掩部分面孔，但在电梯里，她还是认出了我。她很惊讶，但很快又恢复装模作样的良善表情，问我怎么在这里。

　　还用问吗？我把句子恶狠狠丢向她，我此刻只能用素养和理智压抑自己，迫使自己没上前赏她几巴掌。电梯到了，门才拉开条缝，我便扯着她一同走出电梯，命令她拿钥匙开门。她受了惊吓般，可怜巴巴在包里翻找，但翻了好久都没翻出来。

　　少来！假装找不到钥匙，打什么鬼心眼呢！别这么看着我，装什么无辜，你害死我儿子的时候怎么狠下心的？说完，我一把夺过她的小挎包，索性把包倒扣过来，里面的东西洒了一地。没看到钥匙。这时门从里面开了，一个男人立在门边，困惑地看向我和她。

　　啥情况啊，这是？男人问她。

　　你跟我丈夫分手了？我问她。

　　她冲男人摇头，然后朝我摇头，说，什么分手？我从来没跟你丈夫在一起过啊。

我看了看男人，他的身高体型确实跟丈夫很像，他身上穿的黑色夹克，丈夫也有一件。我似乎明白了什么，连忙转身冲进楼梯间。我听到身后有声音在说，是以前邻居，算了算了，她精神有点问题……

我恍惚然，跑到丈夫从前的公司，试图再恳求他们给我丈夫的地址。某种程度上，我有点歇斯底里，他们大概也被我的尖叫震撼了。没多久，丈夫亲自来接走我。他开车带我回家，像从前每一个我们外出之后归家的场景。只不过，这次只有我一个人回去那个不再是家的房子中。

车子停下了很久，我赖着不下车。其间，丈夫看了三四次手机。我问他，为什么拉黑我。他说他没有。

那为什么不接我电话？我说。

凌晨三点！你知道我睡觉时候手机都静音。二十几个未接来电，我早上起来一看以为你出什么事儿了，赶紧给你回电话。你姐接的，她跟我说你没事，我就放下心了。她没告诉你我回了电话？丈夫说完又看了眼手机，手指在亮亮的屏幕上戳了几下。

我掏出手机，点开一个个我曾经注册的网络帐号，每一个头像都是我和白小的合照，有我抱着他的，有我俩亲吻的，有我握住他手的，有笑的，有扮鬼脸吐舌的……我哽咽着，把手机伸到丈夫眼前，挡住他的手机。

我无声流泪望着丈夫，而丈夫望着手机里头的照片叹气。最终他将我擎着手机的手放回我腿上，浅浅地抱了抱我。他又在他手机上按了按，说有急事得先走了。我知道他刚刚看过几次手机也都是为这句话做铺垫，他装作有人在不停催他，他好脱身。这招还是我曾经教他的，我怎会不清楚。没想到他现在用这招来对付我。

我拽住他衣袖，想再说点什么，但他迅速甩开我，说。我求你醒醒好不好，别再折磨自己，更别再折磨你身边的人。我承认，我有错。可事情已经发生了，你至于搞得很凄惨似的吗？你想想你这段时间有多荒唐。你是不是疯了？它只是个狗子而已，只是条柯基啊！

丈夫越说越激动，我噙着的泪被他声音震得滚落下来。

我疯了吗？我知道我的白小是狗，他不是人。我一直都清楚他不是人类啊，可我，不能把小狗当作自己的孩子么？

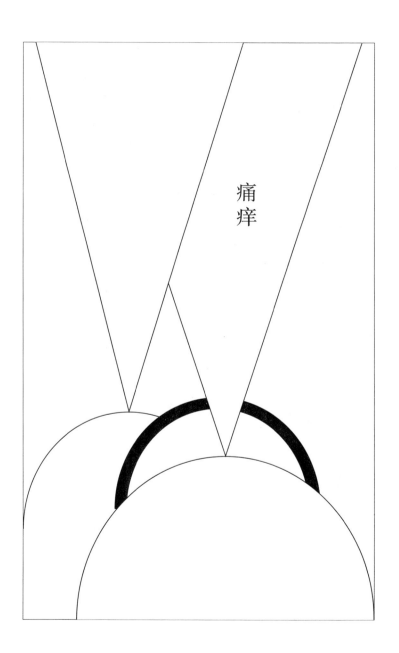

痛痒

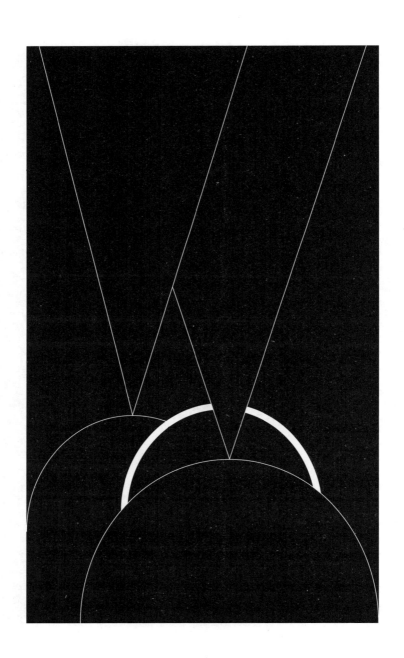

花洒呕出的水声渐渐掩住覃雅格耳里振荡了一天的"咚啴咚啴"。她躺进床准备入睡时，才想起这咚啴声来自吴媚星的雨鞋。

今早晨，雅格值日，坐在讲桌顶上挑出粉笔盒里短到没法再用的粉笔头。雨鞋胶底蹭着水泥地的响动急匆匆地靠近她。她抬眼去看雨鞋主人的脸，看出了尴尬。

她有什么尴尬的？因为鞋子明目张胆地显出她的脚还没那么大吗？反正绝不可能是因为迟到而尴尬，她经常迟到，并且不论她迟到多少次都不会被班主任责骂。她还有什么可惭愧的呢。雅格想。

想着想着，雅格睡着了。水声袭入她的梦里，不知是洗澡的水声，还是外面冬末下得没完没了的雨声。

除了夏天，雅格从来不带伞，也不穿雨鞋。她家离学校近，有时候雨小，她从家跑到学校，连头发也只润了些。但小镇夏季的雨十之有九都是大瓢泼，下几秒钟就能激翻好几寸公路边褐黄的泥沙。

吴媚星是去年秋天转来班上的。谁也不知道雅格多企盼夏天快点到来。她多希望吴媚星没法再穿那些该死的花样繁多又漂亮的鞋子跳皮筋。

雅格的愿望早一步实现了，春都还没到呢，吴媚星就跟班里大部分孩子一样穿起了雨鞋，还是又丑又大的。她每天偷偷看几眼她的鞋，鞋边沾着的泥土使她高兴，也使她心理平衡了因母亲总给她买大一号的鞋的不平衡。

种种花香叶绿携着春来了。木香仿佛被风扬起的水彩，大片大片垂下墙。山坳半腰也掺杂了这样的白与青。她们班赶在油菜花正盛的时节去春游。其实所谓春游，只是集体一起爬爬山，然后在山顶找块平地吃自己背包里的零食。

雅格听到前边女同学跟吴媚星说油菜籽榨的油多么多么香。她撇嘴，伸手掐下一朵油菜花，小黄花瓣上的雾气染湿掌心。她还是喜欢木香花，她心里想。之前学校操场墙边刚生出几条软软的木香枝藤时，吴媚星问雅格那是什么花，说远看真的好像一颗颗蹦出的爆米花啊。雅格没控制好，当下就笑了。吴媚星也跟着傻乐，说好久没吃爆米花了。

过后，雅格有一点点后悔，她想要是当时忍住没笑就好了，她就不会在接下来时不时找她一起踢毽子。要是当时体育课没有自由活动就好了，她就不会再时常问她这个树叫什么，那种花名是什么。

不过雅格都快忘了自己一开始多讨厌吴媚星。尤其是现在，她跟前面的女生一路边走边讲笑话，突然停住指着靠在山壁的木香，回头冲她笑说，爆米花。她觉得她笑起来还有点儿可爱啊，旁边女生一个劲儿问她什么什么爆米花，她也不答，这令她更加可爱了，在雅格心里。

但这种感觉也没持续多久。吃零食的时候，雅格听到她又在跟大家讲她以前在外面城市上学时，春游是去什么博物馆什么森林动物园什么游乐场。一瞬间厌恶的感觉又泛到胃里。她原来实打实记得讨厌她的感受是怎样的。

她的外面城市的语调。她听不懂小镇的方言。她隔几天就穿一次的漂亮小套装裙子。她手腕戴的自己编的亮闪闪塑料绳手链。她学过三年多的英语。她不知道自己吹竖笛是 C 调，而我们是 E 调，恬问老师为什么自己以前学的跟大家不一样，音乐老师竟还表扬她不懂就问。语文老师夸她普通话好听，字写得好看，把她的练习册给大家传阅。当大家一哄而上扯烂了练习册后，她居然哭了。一本练习册而已，她也太假了，雅格想。

雅格想屏蔽这场闹剧，屏蔽讲台上老师对大家的责骂声，安安静静做完一套数学题。窗外风把云刮来了，昼变得灰暗。她做题的速度越来越慢。

为什么老师都觉得由外头转学来的就学习很好呢，为什么期中考明明她是第一她比她平均分多了几十，可班主任仍那么宠着她。

雅格偏过头看还在粘练习册的人，练习册的塑料书皮被摊在一边。她忽然舒展眉，对同桌特别小声地说，你不是说喜欢那种书皮吗，她每本书都包了书皮还剩很多在书桌里，少几个她根本不知道。而且透明的书皮能看到书本来的封面，还不用费劲撕挂历包书……

只一节课后，同桌慌张又若无其事地塞到她桌洞一张书皮。她想还给同桌，但手触到光滑的塑料时，她盯着同桌局促的侧脸，用口型说谢谢。同桌的低马尾垂得更低了，头发快要散成杂草似的，雅格帮她重新扎个高高的马尾辫，连鬓角的碎发都一丝不落地拢进头绳里。

但同桌没听雅格的劝，坚决不在学校用这书皮。雅格骗她说，在镇上初中旁边的文具店有卖这种书皮，只要她们说是一起去买的就好。同桌仍旧不肯，说书皮正适合包放在家中的作文选。同桌的胆怯却果断让雅格想给她一巴掌。雅格不能独自在学校使用，在一周后的又一个阴天把书皮丢到已经浑浊了很久的河里。塑料皮如一艘陷水的小船很快沉入河，她手里捡的石头都没派上用场。

不久后有天雅格午饭后回校，看到吴媚星正和几个同学围坐着吃盒饭。原来她也开始跟其他人一样，天天背着铁饭盒，并且饭盒里只有米饭，每天去饭堂取热好的饭时，还要买一勺五毛钱的海带汤。雅格看到她跟别人一样拿来绑饭盒的白绳在日日水蒸气的摧蚀下已变为灰黑色。她的心忽然朗开，像在阴冷冬日，电暖风吹进她冰刺一般的膝盖骨。她第一次感到自己与她不同，与他们不同，她可以被他们羡慕，每天中午回家吃饭，也不需要每天赶好几公里的路，有时还要与泥泞山路搏斗着上学。尽管她回家也大多是自己热前一晚的剩饭剩菜吃。

于是雅格在听到女生说自己书皮丢了可能是被偷了，心里也没有咯噔。雅格还发现她早已不再说普通话，方言都说得很标准了。她为她的泯然众人感到舒心。

那时候冬天才来没几天。现在春天都快走了。

在春天走之前，学校少有的集会声势浩大地开了一回。主题就是打人。低年级有几个男同学偷学校商店的辣条，被逮到很多次，屡教不改。他们被拉到领操台上示众。平日站在那里的人要么被颁奖，要么是升旗手领操员，而那天，是耻辱。

一排四人，教导主任一番囫囵的教育发言后，就开始拎着木棒一个个打。被打的转过身，背朝大众，木棒狠狠挥起再无比准确地落到屁股上。旁边即将被打的被这声音吓得一哆嗦，倒是正被打的那个，背影看起来无比英勇无畏似的。雅格很想看他的表情是否痛到扭曲。

每人要被打五十。台下的同学群从一开始鸦雀无声到需要老师不停在队伍里窜来窜去命令不许讲话，小声的也不行。雅格站得晕沉，四月的风是催眠神器，吹出她一阵阵的哈欠。吴媚星跟雅格右边的女生换了位置，要跟她玩翻绳。雅格很嫌弃她手里鞋带系成的圆圈，但一时也没想出理由拒绝。翻来覆去几回合都是那几个样式，翻绳真是最无聊的游戏了，雅格想。

柳絮飘到她刘海上，她伸手抓住揉成一个小疙瘩，被吴媚星要了去。台上终于要开打最后一名男同学了。副校长夺走教导主任手里的木棍，边扬棍子边演讲一样发言。她的声音太用力了，雅格觉得她手里的话筒一定也被用力捏得特别窒息。其实若副校长不提，雅格并不知道这个最后要挨打的孩子是副校长儿子。

诶？这个着汗衫的女人说什么——教师家的孩子没有做好带头作用，不是好典范，犯错就得加倍惩罚。

哦是了，因为她母亲是老师，所以她所有努力就都是理所应当的，她的成绩也必须佼佼，她一定得团结同学尊师爱幼，连值日时也得多做那么一份，以这些冠冕堂皇去树立起一个模范。这么多年她不会得到赞许，她已习以为常。可这刚转来几个月的女生凭什么就能够轻易得到包容得到赞扬和认可。班上比她优秀的同学没有，母亲不是个常常表扬学生的教师，而比这女生优秀很多的她，更加没有获得。

雅格的热血往脑袋上拥挤，凉凉的东西掉进心里面。台上副校长暴烈扭着儿子肩膀，扭到他转身，脱下他自己的裤子。雅格周围女生极其迅速埋下脑袋，场面又恢复鸦雀无声了。雅格也随大家低下头，似乎听见木屑扎进肉里的声音，一下一下打，一根一根刺。她觉得自己应该抬头看看。她抬起头，却始终不敢朝向被打的那个男生。她盯着旗杆顶端的旗子，昨天的升旗手忘记降旗，夜里的雨把旗子击打成潮湿坍缩，它紧紧缠住旗杆，任风怎么吹也吹不平整。她很想飞上去帮忙抚平它，这欲望比想哭的欲望还强烈。

木香花终于谢光，遍寻家墙野山也找不出一株仍在开放的。月季有的成熟得早，骨朵已裂成几瓣了。

这个时节，班上又转来一个学生，男生。大家议论他议论得比之前还凶，可能是因为他长得好看。可雅格不认为他好看。

她好像对一切事物消息都没了兴致，整日对着桌面鸡啄食般打瞌睡。等她发现自己的变化时，她已经嗜睡到了无可救药的地步。没关系，她想。就像蚂蚁嗜甜，孕妇嗜酸辣，没什么不好的。她安抚自己的焦虑，然后心安理得睡过一场场课堂。心安理得等待班主任责问。但是老师们好像串联起的灯泡，不知是哪个充当了开关，把电源断开，没有一个异于其他先对她亮起来。

雅格在教室里时常感觉自己不存在于他们这个时空，她任何举动都无法引起这个时空的涟漪。渐渐地，连同桌的胳膊肘都不会来打扰她的睡眠了。而她的嗜睡症竟然又痊愈了。

她开始假装无意实则故意地挑衅新来的男同学，这样她便能够获得更多的跟他的交流。因为她发现吴媚星喜欢他。雅格觉得吴媚星很滑稽，连话都不敢跟他说一句，却在女生们背地里调侃他的时候，跟着附和，在旁人讲他坏话时极其不自然地紧张兮兮地笑。每遇到这种场合，雅格都想挣脱开同桌的手，上前摇晃吴媚星的肩膀。

夏残忍地赶跑了春。

教室里家长会即将散场。雅格趴在外廊栏杆上往楼对面伸脖子。山坡沿的皂荚树繁茂得阴森森，再过阵子就会生出带有黏黏汁液的皂荚。雅格想起去年吴媚星刚来不久的时候，想起她在山边笨拙地抓紧树枝妄想向上攀爬，去拽下一片皂荚。后来是谁帮她摘下来的呢，雅格忘了。雅格只记得自己内心期待她跌落的快感，还有对面女生眼角的满足，和她捏紧皂荚小心翼翼而又庄重地把它夹进《新华字典》里的模样。直到现在，雅格仍希望那片皂荚里的胶溢出来，毁掉那本烂字典。

页码内容都相同的，她凭什么说她从外市买来的字典就是正版，而雅格她们的字典就是盗版呢。

可能谁都没有错，仅仅是那本颜色更艳的字典该死。

学生的父母们逐渐泄到教学楼下，带着他们各自的小孩。雅格像无人认领的失物，高悬在外廊栏杆上陈列着。她看到新转来的男生走到她正下方，跟周围同学打闹。她看到同样无人认领的吴媚星握着两支雪糕笑眯眯朝她奔来。

就是这个时刻了，雅格心里伸出一只手按了下脑袋里的某个开关。身处二楼外廊的雅格，朝楼下的男同学吐了口口水。很准，直直落到男生头顶的头发。雅格迅速缩回脑袋，涨红着脸憋笑望着已到达她身旁的女孩。她不顾女孩被怔住的四肢，趁楼下男同学低头时又吐了一口。

很久之后，雅格偶尔会记起这一天，她一直没能搞懂，身旁的女孩怎么会跟她一起朝楼下吐口水。

她在吃着女孩给她的红豆雪糕时才感到愧疚。她想，如果前一晚母亲没有责怪她成绩下滑，没有责怪她丢她的脸，那么她会不会不去按那一下按钮。

而她不上进这件事已经那么久，为什么母亲直到她马上要小学毕业考试才发觉。为什么不能，哪怕只早那么一点点，看到她如濒死挣扎一样给母亲制造的失望。

那天真的不应该吃雪糕。跟吴媚星一起坐在单杠上的雅格常常默默生出这样的感慨。当吴媚星埋怨舅舅生意太忙碌的时候，埋怨舅妈做菜不好吃的时候，埋怨小镇潮湿使她水土不服的时候，雅格腹诽的句子就一圈圈绕着操场奔跑起来。

到底为什么会接过雪糕呢。是因为她跟自己一样，有一个家长会的空座位么。雅格不问她的父母在哪儿，就像她也不问雅格的爸爸在哪儿。

她带雅格走上她每日上下学的山路，跟她描绘从岩壁渗水的方井，暴雨后山顶倾泻出瀑布似的水流，有次冲垮了路边的防护栏。她走一路讲一路，好像她才是此地的土著，好像她说的是什么奇闻，而雅格是第一次来到这儿的游客。

落日渐隐入眼底。雅格面前的女孩把洗净的树叶折成圆锥递给她时，她顿然感到一股尤为失望的失落。她是希望她从那漂亮的气泡里掉下来，但她没想过她会掉得如此彻底。在她觉得一切都已万劫不复的时刻，女孩竟然捏着树叶喝井水，竟然笑得那么惬意。那么一直把女孩摆在敌对位置的自己何其可悲。

雅格扭头走了，假装没听到女孩说这个水跟别的真不一样真好喝。

她步速快到仿佛要起飞，以致于突然停下转身时，紧跟她身后的女孩撞到了她额头。她捂着脑门伤心透了。不知为了疼而难过，还是为了没问出口的话而难过。

之前她每次暗暗较劲的分数排名，小考满分时偷偷观察对方扣了几分，飞快背诗只为争到比对方先背熟，合唱比赛将对方这个领唱员替换下来……如果，对方对这些丝毫不在意，那么她的不甘心有何意义？

这天后不久，吴媚星在学校里一整天高烧不退，在这个非典特殊时期，她这副状态勾得全班人心惶惶。班主任把她隔离到自己家中。她把雅格叫到教室外面的外廊，夏风像冲到一张巨大的帆上又返回到她背后汗湿的黑 T 恤。她打了个寒噤，她本想忍住的，可是寒噤怎么忍得住。她想起幼时母亲逼她喝中药，苦得她呛了一身。她被质问怎么一点儿苦都忍不住，她被得到一张嫌怨的面目。或者是从那天开始，或者是逐渐而来，疼痛她不忍，瘙痒她不忍。为什么要忍呢，凭什么要忍呢。她只是想忍住不值一提的嫉妒都那么难，何况痛与痒。

母亲说了很多废话，最后她听到母亲说，吴媚星回家的那条路出现了疑似感染者，所以不能把她送回家，再说她不是你好朋友么，朋友病了，应该要照顾。

太阳斜斜射入外廊，铺在雅格右侧，她被这太阳光晒出一胳膊鸡皮疙瘩。

疑似？为什么越循环回忆这段话越觉得是母亲编的谎。其实她说后半句就够了，够雅格无力反驳的了。

放学回家后，雅格才知道母亲已带吴媚星去诊所开了药，她脸上冒出的水痘击退了高烧。

原来咱班主任是你妈妈呀。吴媚星说。

雅格晒笑，还不到一年你就知道了，可真难得。不过她没说出声音，而是走远去拉开窗帘。

厨房门掩不住烟火气，雅格从这股很久没闻到过的烟火气里嗅到了她最爱吃的腌豇豆味儿。

从坛子捞出腌好的豇豆条，切碎，和玉米尖椒一起爆炒，末了撒葱花。雅格最喜爱母亲的这道菜。她总是挑出盘里的花椒姜末蒜瓣，再半盘倒入自个儿碗里。即使挑出调料会被骂，待在这盘菜旁边，雅格也觉得特幸福。母亲不会腌，于是雅格每年去外婆家捧回泡菜坛的这件事可以承包她一个月的满足感。

然而此刻，长筷子正把夹起的一条豇豆往水痘脸女孩嘴里送。

她坐摩托车只抱紧坛子唯恐坛子摔了，她小心翼翼护送回来的豇豆，她都舍不得空口吃的豇豆，被女孩吐舌说咸。母亲笑容可掬回应说，你可能吃不来……

雅格忽然被油烟熏出眼泪，但比起欺负她的油烟，她更恨那双长筷子。

夜色四起，潮雾充盈她的胸腔。她走着吴媚星带她走过的路，走着母亲口中出现疑似感染患者的路。徘徊，哽咽，饥饿。她感觉自己快被打垮的时候，拐弯处走来一对母女。母亲牵着女儿的小手，女儿的另一只小手握着奶味儿雪糕。她一直舔啊舔，看起来极其甜的样子。雅格好羡慕她，但不知是因为想吃雪糕，还是因为想成为她。

月亮被乌云遮住，天在这一瞬阖上了唯一的眼。

吴媚星不知从哪儿突然出现在雅格身边。她把蹲在路边的雅格拉起，等她腿的麻意散尽后，牵着她往回走。

一会儿到家你别忘了洗手，吴媚星说。

雅格本想说自己早就生过水痘了，但她怕一出声是哭腔，于是就由着沉默来保护自己。

时间跟随气温悄悄躁起来，跑得飞快。雅格和同桌和吴媚星相约在夏季气数将尽时，坐在县中学的教室里。她觉得自己有底子在，重新捡起课本努力一下，县中应该不在话下。

她们揣着把握游戏。雅格总在吴媚星抱怨晚上又没人给做饭时，拽掉她脖子挂的钥匙，绑在自己圆珠笔上。她发现写字时，钥匙撞击塑料笔壳的声响很有趣。

她还发现带好朋友们回家的傍晚，菜品会丰盛许多。她便常常利用这一点，虽然不安，但胃的充足感压扁了心中的芥蒂。

同桌请假去学风琴那天，吴媚星说要带雅格到家里听歌。她指定歌曲，现让堂哥去网吧刻录在 CD 上的。她的兴奋感染到了雅格，她俩像扛了糖渣的小蚂蚁一样开心。又用树叶子喝了方井的水。

行至楼底，吴媚星要去买雅格念了一路的红豆雪糕，她取下脖颈的钥匙递给雅格。雅格拍了拍她额前的刘海，转身一蹦一跳跳上了最顶层四楼。

钥匙带着汗液咸咸地探入锁孔，似乎一秒不到，门就被打开了。

客厅电视里的新闻台正播着广告。直觉令雅格的步子变沉重变无声。主卧室门上的日历被穿堂风扬起又落下，可她不止听到了纸被戏弄的声音。

像人剧烈运动后的喘气，像狗奔跳在年迈的木床，像蝉赴死前嘶呀的最后一口呻吟。也许更加不止这些，还有唾液纠缠皮肤声、肌肉压榨骨骼声、脏汗顺着头发流入地缝声。

她按住挂历的手渐渐颤抖，她觉得自己幻听了，幻听出了类似母亲的声音在说要赶忙些回去炒豇豆。电视声音加剧，仿佛也带动加剧了她的幻听。她想推门，可不知是挂历纸阻止了她，还是风阻止了她。

她放下酸疼酸疼的手，等待那一种木塞拔出玻璃瓶的声音。她好像听到了，又好像没听到。却始终没力气推门。

落日沉了，又不甘心似的，被云浪泛涌回天际。

雅格走到楼底，吴媚星拎着两支半僵硬的雪糕直直地杵在电线杆旁，仿佛另一座矮电线杆。

雅格开始跑，山顶不知怎的开始下瀑布，弦月的脚步声急促地逼近她，逼到她快窒息。

窒息中，她醒来。发觉只有枕巾湿透，而自己并没有被瀑布淋湿。月色如湖般静而透彻，罩住她身边的一切。她爬起拉住窗帘。黑一下子弥漫，夜紧锁住月亮的喉，不肯放手。她突然觉得黑暗中所有东西都那么虚幻，比她刚刚做的梦还要虚幻。

夏花苟延残喘之际，雅格进入了县中学。吴媚星不知去向，可能又转学到了哪里吧。

她不知她什么时候离开的。在她走之前，雅格与她已互不言语。她们默契地彼此疏远，像是她们做了同一场梦一样……

在我大学毕业那年，舅舅去世。我回到那个小镇，但没见到她。听老同学说，她嫁了人又迅速离婚，而今傍到个大款。我完全不信，但还是笑笑，不置一词。

初中时我经常梦到以前的事情，梦到她拿着扫帚一步步朝我走来，帮我扫地。一起倒垃圾时，她冲我笑，说，我叫雅格，覃雅格。

某夜我加班后，错过了末班车。杵在道边艰难地打车。对面街边 24 小时便利店走出三个人。一个七八岁小女孩，一个年轻孕妇，一个中年男人。女孩对孕妇骂着什么，孕妇托着肚子胳膊肘戳向男人后背，男人开始训小女孩。孕妇在男人转身开车门时，迅速对女孩吐了下舌头。

隔得远，多年未见，我无法确定那是她。但，觉得她那一吐舌真的好像她啊。

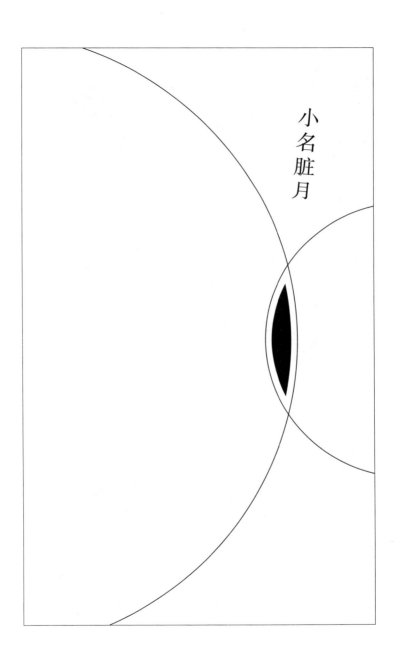

小名脏月

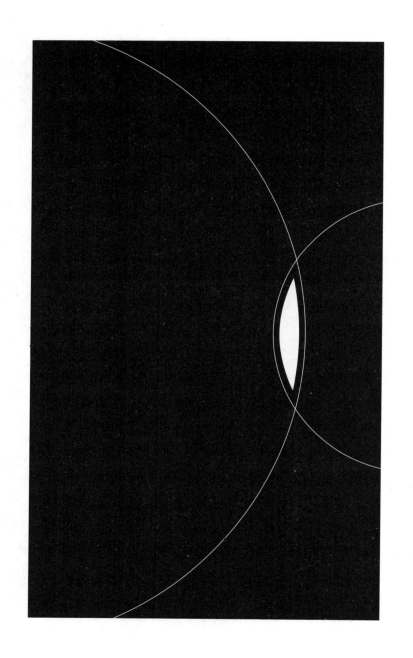

A. 肖铭

那个男人又转移视线去盯玉兰骨朵了，当我再次用眼神锁定他的时候。

不需质疑，他刚一定是在看我。而此刻，他抬起胳膊剥橘子一样地扒开一只玉兰花苞。稚嫩的粉白暴露给雾气，倒让我觉得它的牺牲错在我。所以男人走后，我连忙冲过去安抚玉兰花瓣儿，顺便踩熄他丢掉的烟头。这时沐惠喊我："铭铭，走啦。"

我顺着玉兰树脚边的甬道小跑追上她，她嫣笑，一把横拽住我。大概用力过猛又偏，她抓的是我衣袖子，我的手被她桎梏在袖管里，像被封在塑料袋中的鱼。她不肯松手，我就轻轻戳她肋骨，戳到她尖声的笑激荡起停工的喷泉池里的水。我们就这样一路左拉右扯地晃出了这片别墅区。

忘了是第几次陪沐惠来她小姨家。我们出去疯玩了几次，就有几次吧。她又开始在出租车上数钱，3月的风企图学前辈2月风的腔调来割我的脸，但没得逞，弱弱地沿着我的红耳朵梳顺我的头发。

她把蜷缩的身体斜靠住我的胳膊肩膀，轻嚷说冷。我没搭理她。车刺穿雾，飞速掠过模糊的街衢。

后来连着几次沐惠去小姨家，我都碰到了扒玉兰的男人。初春的天越来越柔和，他却一次比一次穿得多。他勾起了我异常强烈的好奇心。而每次沐惠出来叫上我离开时，男人总会消失不见。我也就一直没能把这个奇怪的男人当作证物一样，指认给她看。

妈妈又来电，我边打着虾仁味儿的饱嗝，边把手机丢给沐惠。电话通了很久，她还在对我妈甜言蜜语，我还在回味她爸炖的黄花鱼。

沐浴露味道掩盖住她身体原本的独特温软的香。我想起白天又遇到的那个男人，迫不及待想跟她讲一讲。我说，最近经常碰见一个很奇怪的男人。她吹风机的声音呼呼朝脖颈灌，她说，男的？那他长得帅吗？

A. 臧岳

倾说如果我被外甥女看见，会很不方便。
呵。以为我想见吗？我才不方便。

154

出了门才察觉到外面寒气重重，而我穿着短袖。刚刚在屋里被太阳晒出的暖意没多会儿就全还给世界了。得嘞，太阳这个大骗子，地热是帮凶。

我绕了好几圈，她还是没给我信号让我回去。只需再一小会儿，我可能就会冻得比玉兰疙瘩更萎缩。往门口瞥了很多眼，不见外甥女出来。

在我最后一瞥时，发现大门附近一个女孩在盯我，盯得我的小罗锅背立刻直起来了。我装模作样地够了一下肩边还未盛开的玉兰。这时手机抖了两抖，倾发的短信。我大步走到院子围墙侧面，弯腰，为了被这齐腰的栅栏墙彻底掩护起来。

我敲门，她开门，也不看我，转身奔向木桌上的橙子，埋怨我不带钥匙。她握着水果刀，拿削苹果皮的方式削橙，结果搞得满手橙汁。真不知道她这么毫无生活技能，是怎么活过这几十年的。我暗暗骂了句脏话，却还是坐去她旁边，帮她剥橙。橙瓣递到她嘴边，她差点连我手尖的月牙都咬进嘴里。看形势，她今天的心情不错，而我又捡了一天好日子过。

昏睡。躲进没窗户的小屋里弹琴写歌。昏睡。常常是这样，我越来越习惯昼伏夜出，生物钟越来越趋近她的。有几次，我们各自睡了不知多久，差不多的时间点先后醒来，第一件事都是找手机查看当天几号。我们要看下我们睡了多久。

不过那些不知今夕何夕的日子早已匆匆溜走，我只能像个耄耋老人一样惋叹逝去的好时光。

外甥女又来了。我又遇到了那个使我直起背来的女孩。说实话，头一次遇到这么好看的女孩子，也头一次遇到这么好看的女孩子盯着我，不然在那种冷天气，我背真的直不起来。

她这次穿着校服，我认出她是初中生。好小啊，真好。我想。

她靠踱来踱去产热，我突然很希望我的外套能套在她身上，但外甥女连犹豫的机会都没给我。裤兜里的手机震开，余波掀起我一腿的鸡皮疙瘩。我没去栅栏那边躲，目送她拉着外甥女的手走到视线外。我心里生出一种迫切，迫切地想知道她的名字。

A. 肖铭

他朝我走来的几秒钟，我很警觉。四下无人，我脑袋闪过各种港剧里的犯罪剧情。本想假装若无其事地快速走开，但他笑了。好烦，他笑起来真帅。他走近到我需要仰脖子看他了，我等待他的搭讪。谁知他说，你鞋带开了。

脑子僵了一秒，我猜我那一秒的表情应该挺难看。不是别致的搭讪套话，鞋带真的散了，脏腻腻的还沾了融了春雨的泥。他掏出块纸巾，皱巴巴的，让我想到我没熨好的白色夏季校服。

又一次碰见他时，他坐在喷泉边抱着一把乌克丽丽，没弹没唱，只摆指法摇晃上身。从他背后乍一看，会以为他抱着一只亮土色的狗。

他好像知道我会来，在等我似的。看到我并没有惊讶，还往旁边挪，用屁股蹭出了一块干净的瓷砖给我坐。尽管傍晚的天色灰沉沉，但我看到了他眼睛里的高兴。他开始唱我没听过的歌，唱了好几首，我腿都坐酸了还不停，直到喷泉突然开始运作。他显然跟我一样被吓了一跳，继而开始不出声地笑。我说，最后这首蛮好听呢，唱完呗。

他说，原来这喷泉是活的！

A. 臧岳

那些久违的音符时不时跳入我脑里的谱线中。倾也许知道，也许并不知道。总之她不会在乎。自从我对她带我见的制作人口出不逊，她就对我写歌方面不闻不问，还不许我在她面前唱歌、摆弄乐器。不明白她在失望什么，更不明白我又失望什么。

我细细想来，她似乎盼着我跟她吵上一架。她把隔音棉在我小屋墙上铺展开的时候，她"不小心"踢翻我静音吉他的时候，她在我熟睡时调大电影声音的时候。这些时刻，她都在等，等着那根绳索燃到我底线。可面对她，我有底线吗？

春涌进这座城市，我隐隐感觉自己在期待外甥女来找她。

"March comes in like a lion and goes out like a lamb."[①] 这句被我唱出来显得有点怪异。但我只是想来一句应景的话，而不是想看到小名又皱又挑的眉。

小名说，这话搁在这儿不够贴切，形容四月的话，还差不多。她目光转向我，向我寻求认同。我却看到她眼底的一面湖，湖面飘着散架的钢琴键。我想我笑了。

"你笑，可真帅呀！"

竟然被个小丫头给说脸红了。我端正起脑袋，开始弹拉赫玛尼诺夫的《帕格尼尼主题狂想曲》中间的一段行板。我不太喜欢这种钢琴曲，但是倾经常弹他的曲子，我也就找来谱子视频什么的偷偷练起来，才知道她弹得也并不好。我怀疑这是她曾喜欢过的男人常弹的。我练了很久，还是只会弹其中相对而言简单的一小段，挫败感使我不愿再看到那些琴谱，没想到现在竟自如地弹开来。

我只会很少一部分，正琢磨如何结尾才不突兀，一个保安走进琴房让我们出示学生证。我说，没带，饭卡行不行？

保安没表情。我翻了翻裤兜，又说，不在，可能落在楼下古筝旁边了。假话还没编过瘾，小名拽着我手冲开那个保安跑了出去。我们飞快地跑，我们飞快地笑。

我们逃进一家书店躲避不知何时下起的细雨。书店的门像是结界一样吸走了小名和我的笑声。噤声的我俩蹑起脚步走去

---

①意为"三月如狮子般到来，却似羔羊般离去"。

书架旁席地而坐。刚坐下，顶棚却响起音乐声，女店员过来告知我们已经到了他们关店下班的时间。

我的失落都体现在了小名的脸上。没法，我们又走进雨里，我把外套脱下来给小名遮头。身后书店的灯一粒粒熄了，周围霎时沦为深黑色。

和小名快步走到最近的车站，空无一人，才发觉原来已经这么晚了。我打算打个出租送小名回家。已经单独约过小名几次，但每次我都节制地使用这样的时光，今天有点过了。可能不应该带她来我的大学母校，她也不应该在坐缆车下山之后还说不想回家。

其实我不想情况继续衍化下去，但控制不住。大概是问出她名字那天开始刹不了车的。

而小名是翩然而至的蝴蝶，着陆在我肩膀。我渐渐看不清自己是在享受给她唱歌，还是在享受她对我的聆听。也渐渐不止是唱歌，我跟她说我。就像现在我这样说着以前逃课钓鱼的事，我跟她说以前种种的自己。

可能我迷陷于她新鲜的眼神。和倾不同，倾只有寡淡的眼再转换成"我都了解的"的眼。她了解个屁。我跟个初中女孩儿在凌晨的街上散步，她了解？

雨没了。我们走了估摸有两公里才在比较繁华的街打到车。白天的爬山运动加之刚两公里，我感觉自己腿快废了。但坐进车座的小名依旧神采奕奕冲我挥手。我摆了摆胳膊，默记下出租车车牌，再钻入另一辆出租里。

回到她的房子，她果然还没睡。在看她已看过无数遍的《胭脂扣》，卧室门大敞，像是故意给我瞧她在看什么电影。我识趣地进到自己卧室，我知道她敞开门也并不是在等我进去睡。

也好奇过她那样的人，为什么会包养我。她根本不需要任何人的怀抱。她甚至厌恶人干扰她的冷漠。

我以为自己会累瘫到昏睡，但一躺下就赶不走失眠里的羊，脑里撞出的旋律一直来来回回吊钢索。终于陷入浅睡后，我做了梦。梦到自己变成了十二少，眼前亭立着砸烂我吉他的倾，我说，我没介意，我连眉毛都没动一下。

A. 肖铭

白天坐缆车下山的时候，我发现他有点恐高。挺好笑的。不是恐高有什么乐头儿，是他害怕可又竭力装作不怕的样子好笑。

刚收到他询问的短信，我回了已到家。把"期待下次一起去看樱花"这句话删掉了。跟他在一起都很高兴，但我有男朋友了，不想他误会。或许是不想自己误会。

对他产生信赖，是因为我说我踩掉了队列前面女生的鞋，而他耐心地等待听下一句，并没有露出嘲笑或者居高临下的不耐烦。那女生在掉鞋子出丑之后，就一直对我不太友善，让我很烦心。但我没法跟沐惠说，我在她面前一直装酷。我在男朋友面前也很 cool，甚至在我爸妈跟前都特别 cool。然而在脏月这里，我可以纠结这些小破事儿，可以不矜持，可以不想回家就说不想回家。我不知道自己为何在他面前卸装，可能因为，觉得他也是同样地信任我。这，大概是同一个属相的默契吧。

今天我们偷溜进他以前大学时期常去的琴房，他弹了很好听的曲子，可惜还没弹完破保安就来捣乱。好想再听他弹一遍完整版。叫什么名字来着，什么懦夫，还巴甫洛夫呢！唉，想不起来好烦。别人是脸盲，路盲，我就是个名字盲。不过，脏月的名字我倒一下就记得了，虽然至今也没搞清是哪个 zang，哪个 yue。他说出他名字的时候，我第一反应就是"脏月"两个字。脏月，脏了的月亮吗？

总之不管正确的是哪两个字，这个名字都很特别很好听。不像我的，肖铭，像个男生的名字。沐惠名字也好听，我曾当着她面感叹过。结果她说，好听？我妈起名字不知有多随意，我这名字就只是我爸的姓加上我妈的姓而已。

她多幸运，这样组合出来的名字照样优雅别致。假如我名字也被如此组合的话，就得叫肖王了。突然觉得肖铭也不错。

没救，没救，跟膝跳反射似的，人类的阿 Q 精神是本能。

沐惠令我羡慕的除了名字，还有她有个有钱的小姨。她小姨比我妈都要大几岁，可看着就像刚毕业的女博士一样——有知性气质又年轻。可能我意识里的女博士与现实中的有偏颇，但又如何。我就是想日后成为自己眼里的那种女博士啊。我跟沐惠表达了这想法后，她敲我脑门说，成为我小姨那样的女人有什么好。

我也惊了一跳，我什么时候说是要成为她小姨了。我想起那个边开车边和我们说笑的温婉女人，下雨天为防止车轮溅起污水弄脏行人，她都要缓缓行车。她送我们去隔壁城市看演唱会，结束后还把我送回家。但她不欢迎我进她家里，所以我还是没法喜欢她。其实我挺小肚鸡肠，她给我买了多少顿虾爬子都没能让我喜欢上。

沐惠说她姥爷家曾经很有钱，被小姨年少时败了个光。虽然小姨很厉害，后来赚回更多，但那都揣进了她自己腰包。姥爷疼小女儿，不要她的钱。我一直以为沐惠喜欢她小姨喜欢得不得了，听她讲过这些，我只能默默吞下口水。似乎，她对小姨颇有微词。她说，如果小姨有孩子的话，姥爷肯定不会像现在这么稀罕我了。我静静咀嚼沐惠从小姨家带来的巧克力，看着她跟不存在的小表妹或表弟暗暗较劲。

我不理解她。可是我觉得，嫉妒是自我的一部分，某种程度上都是无益的，但割掉会痛。

A. 臧岳

浸在小屋里几周，外面的世界仿佛突然就暖和起来了。外甥女来了，但小名没来。我独自走出别墅区，走进附近的公园里。午后的日头透着晃眼的温柔，柳絮如雪飘过，人工湖的春意朝我扑过来。舒缓了这些天编曲软件对我的摧残。

忘带手机。早上给小名发了短信说我新歌终于填词编曲完成，不知她现在回复了没有。

变天很快来了，雨匆匆刷洗这个城市。踟蹰了会儿，我慢慢踱回去，除了内裤全身被浇透。她递给我准备好的热干毛巾，我有些心虚，边擦头发边去翻手机。无声地吁了口气，手机显示未读信息两条，一条是倾喊我回家。一条是小名，说自学了单音版《天空之城》，下周六弹给我听。

六天的时间过得不紧不慢，又改了几次编曲就到了去见小名这天。

她穿着西柚色过膝的连衣裙，从春风中漾到我眼前，美得让我难以接受。白外套露出细嫩的手腕和剪短指甲的手指，呼应着她裸露的小腿。她把食指伸给我看，说指甲剪秃了按弦的时候格外疼。我一时没想到适合的词句搭腔，我在竭力忍住揉她头发的念头。

我把存好的新歌放给她听，她拿过耳机时不经意碰到我手。她捧场地说好听，我忽然分不清她的真喜欢和假喜欢。在她弹完《天空之城》后，我费力地专心哼唱弹完一首还未来得及写词的曲子。还好没跑调，不过跑调了她也听不出来。

广场上的人多了起来。这样晴得过分的好天气，人不多才是怪事。我想避开这些热闹，小名却要再留下来会儿，看风筝。

我只得坐下，好像别无选择似的坐在她身边。她仰头望着风筝，我埋头盯着她帆布鞋鞋带的污渍。她脚踝的突起在鞋子一侧投下薄纱般的阴影，我看痴了。

突然很想知道倾穿裙子的模样。很想知道倾十五岁时的脸和身体。

去超市买烟，经过路边小摊，买了只彩布做的风车准备送给小名。我想象她拿过风车嗔怪我说她又不是三岁小孩的样子。我想看到她这种模样，尽管她一次都没有过。

回去椅子那儿，椅子上只剩两把晒太阳的吉他依偎在一起。小名不见踪影。我急急打她手机，没人接。几分钟之后她才一瘸一瘸地走回来。我把她扶到椅子里，她嘴咝咝地吸气后发出喘不过气似的低低呻吟声。

让我想起赤裸的倾贴在我脸上呼进我耳里的呻吟。或许，快感和痛感都一样会使人扭曲。也或者，疼痛本就是快感的一种。像执意挠破的蚊子包，像用力给她近乎窒息的吻。

我很快回神，查看她崴伤的脚踝。肿胀的脚踝在鞋面投下更大更深的阴影。

我去帮个小屁孩追气球，结果气球飞了，我还崴脚，简直气死！她说。

我说，没事，我高中打篮球的时候经常崴脚，过几天就好了。

给小名买了药，送她回家。其实我不知道那些药是否管用，我每次崴脚都是妈妈帮我揉搓一种药酒。药酒在家里，妈妈也在家里。但我很久没回家了。

我坐在傍晚时分的喷泉边，等喷泉开始工作。夕阳在不经意间坠落，我想弹最初学吉他学会的第一首歌，才发现，吉他的二弦不知何时断了。我有很多一弦，以为一弦最易断，但偏偏，断的是二弦。

这天黑得异常快，可毕竟还没有结束，我总觉得令我更失落的在等着我。

A. 肖铭

没想到沐惠小姨竟邀请我去她家。不知是不是我的活泼可人儿打破了她怪癖的防线。沐惠说小姨专门做了她爱吃的糖醋鱼和我喜欢的虾爬子。真是受宠若惊。

我第一次进到这座外观昂贵的别墅内。比她邀请我更让我吃惊的是，屋里布置之简单，除了白墙，好看的木质地板和踩上去极其舒服软和的地毯，房子基本是没有装修的样子，它的大更显其空荡荡，连家具都寥寥无几。我们坐在没有电视的客厅，沐惠好像看出我的吃惊，偷趴在我肩膀，耳语说，她小姨不喜欢复杂，房子什么都不设计，就那么一副随时可以抛弃所有随时可以去死的样子。

我想说，你可一会儿还要吃她做的糖醋鱼哇，竟这样说她。可我犹豫了，什么也没说。

沐惠找来竹帘、寿司刀、紫菜沙拉酱之类的，嚷嚷要我过去帮她抱电饭锅。我屁股才起一半，腿还没站直，小姨就拿来了锅。锅里刚煮好的米饭蒸汽萦绕升腾，透过雾汽，我注意到她的脸化了简妆，而脖子的纹遮不住的一圈圈吊在那，与这张年轻漂亮的面孔是那么格格不入。

我说，谢谢小姨。她微皱了下眉眼，又迅速微笑。

沐惠说要教我做紫菜包饭，教着教着她自己便吃开了。吃了黄瓜条没够，又去端糖醋鱼。我问她，不用叫小姨一起吗？

她说她每次炒菜完都要先洗澡才吃饭，她受不了自己一身油烟味。

鱼被她塞了一半多的时候，她收到条短信，就要走。我要跟她一起走。她第一次拒绝我同她一起。

"我去见六班暗恋我那男生，太烦了他，总打扰我，看我今天就把他解决了！"

我笑，"怎么解决？杀了他？"

"唉。也许跟他讲清楚断了他的念想就等同于杀了他吧。"

沐惠自负的模样欠打得很。

你在这儿吃完饭再走吧。那抽屉里有好多电影，你也可以看完再走。反正要是天黑了，我小姨会送你回家。

她指了指沙发旁的小木柜，拿起围巾转身走了。

小木柜上站着一个小吉他工艺品，我凑近看，发现里面有颗心形的灯。我拨了下调音的地方，心果然亮了，闪得特美。拐角的洗手间传来水声哗哗，有点想偷走它，趁这一刻没人。可能就是这个不正确的想法留住了我，让我没能在沐惠走后就离开。

我包了一个紫菜卷吃掉，米饭黏了一手。纸巾擦不干净，我打算去厨房洗一下时，小姨叫沐惠名字的声音传进我耳里，声音很轻很灵，仿佛来自于另一个时空。我凑到洗手间门外，告诉她沐惠有事先走了。她说，那你帮我把卧室床上的衣服拿来吧。

我下按把手，小心翼翼地开门。水汽中，她只穿了内裤和胸衣站在镜前。毛巾拂过镜面，有水流顺着镜子着急地俯冲。她接过我手上的吊带裙，转过头冲镜子里的我不好意思地笑。镜子旁边摆着两个样式一致颜色不一的杯子，杯中分别有一只样式一致颜色不一的牙刷。

我忐忑地想，有一天我的胸也会变得跟她一样圆鼓鼓吗？真是又害怕，却又期待。

我退了出来。她也很快出来了。问我饿不饿。我脑筋抽风地答了不饿。

她突然很认真地说，谢谢你。沐惠她父母离婚，马上要升高中了又转学，不得不进入一个全陌生的环境里，还好有你陪着她。

我愣住了，沐惠父母离婚？这一刻用懵这个字都不足以形容我。

听惠惠说你最近在学吉他。我这儿有好多吉他，你挑一个喜欢的。

还没从上一个话题挣扎出来的我木然地由她牵着进到一个没窗户的小屋里。屋顶的灯亮了，但墙上深黑色的隔音棉让屋内依旧暗沉沉。

散落的耳机，笔记本，蒙灰的键盘，电脑。弦与乐谱在她脚下互相覆盖互相碾压。我看到了亮土色的乌克丽丽，还有，那把脏月用的弹了很多自创歌给我听的吉他。

"想送你这把的，这把吉他最好了，可惜弦断了。"我看到我在吉他背面刻的小草，此刻被她的手摩挲。

一直想听脏月弹完的那段钢琴曲，没想到完整版是听她弹奏。

我走去她背后弄平她扭反的肩带，说我饿了。

她给我剥虾爬子，我问她，小姨，我以后可以经常来玩吗？

她说，当然可以。之前就一直让惠惠带你来玩，她却到今天才带你过来。

我点点头，想给出个笑脸，发现给不了。

A. 臧岳

很感谢高弘，明知我打电话无外乎就是借钱，他还是接了电话。他公司的写字楼很难找，我到他们楼下时已经中午，弄得好像是我还要额外蹭一顿饭。

他是老样子。除了脸比高中时老了些。我想我也是。他没多问，我揣好一沓钱，跟他去吃饭。周遭的热闹掩饰住我俩之间的沉默。我猜，他知道我的现况。要分别时，他问我是否有地方住。我忙说，有啊，有。

实际没有。当晚我睡在他们公司隔壁，一个未装修好的一百多平方米。冰一样的水泥地被我捂暖了一圈，我觉得自己身体既凉又烫。

白天，我偷偷上来看高弘，他站在楼尽头茶水间的门外，仔细又沉闷地一口一口吸烟。一个浓妆女人走过来问我是谁，为什么没见过我。我怕他听到后回头，匆匆转身离开。

玻璃隔着的格子间里，一列列窄窄的床贴墙铺陈在地上，里面的男人们都拿褐眼眶对着电脑。高弘也是其中的一员吗，每天这样枯燥地消耗自己，在每个加班的夜后，不回家，蜷着身体侧躺在窄得不能更窄的床上。

那个人是高弘吗？曾经打游戏一定要得第一的高弘。我们一起偷走学校微机房里鼠标里的小球，被罚写检讨时，他小声却得意地告诉我，他以后一定要自己设计游戏。那之后过了很多年。

我延迟毕业，在大学肄业那一年，他已工作一年了。那年春节，我不愿回家，托他帮我把买的东西转交给父母。在机场，我与他道别，本来互拍完肩膀就该到此为止撂下再见二字。但我多嘴，说，你多好，做了自己想做的工作。接着我听到最不想听到的话。

他说，对哈，要努力争取到自己的梦想。像我一样。你不试一下，怎么知道梦想真的只适合想想呢。

他笑得极大声。笑得我想哭。

现在回想起来，要是那天我哭一把，相信他，也许我现在就老实过日子，踏实地乏善可陈地经过每一天，去迎接人到中年人到老年再回首面对自己人生的惋惜。跟后辈絮叨着当年如果怎样就会如何如何辉煌。是那样的人生可怕还是拼到最后却只能跪在梦想面前的人生可怕？

我没法再计较。因为那天我走出机场，在狂风的惧喊声中，走向了倾停在路边等我的车。

所以一开始就是利用她来达成我的野心，所以如今她不支持甚至干扰嘲讽我热爱的东西时，我离开她也是理所当然吧。

我只是不清楚自己对她的不甘是什么。是她也曾一曲曲一段段的托腮听我弹奏，是她也曾兴起写诗来给我填词，这些所带给我的落差感吗。

她说她大学同学搞科研一直没什么显著成果，后来专注到别的方面，还是当上了教授，如今已是系主任了。可同批的另一个同学，天天做实验，今年才转成副教授。这世上很多事情并不是努力就会让你得到你想要的结果。

那你呢？你有朝着你想要的努力过吗？你没有。你不是没有努力过，你是连自己想要的是什么都不清楚。你看很多东西很多事物都不顺眼，你挑三拣四，以为择去不喜欢的剩下的就都是你想要的了？你现在的活法是你喜欢的吗？你敢说你从没想过和一个可靠的男人结婚生子？对，在你眼里，没有一个男人是可靠的。你怕你变人老珠黄被嫌弃，你怕万一你的不幸是因为遇到一个坏男人，你控制欲那么强，你怕你的小孩不受你控制，所以你说你讨厌小孩子。你怕，所以你说你不想要。你看着你姐离婚，心里舒了口气吧，心想自己就永远不会遭遇这样的难过。你表面看起来是不在意旁人的眼光，不流于世俗。以为自己很特别感觉很好吧？可其实你只是虚荣，你不过是想悲惨成少数，好像那样就会显得不那么丢人。

可能因为她暗讽我没天分，我才气愤。但后来我才意识到，更可能是，当时我猜她举例子里的那个系主任是她大学时的男朋友。

也是在奔进黑夜后，我才意识到，那段话，我就算说也要提高音量发怒地说，而不是那样平静地，毫不关己一样地说出来。也许用吵架的语气说，会让她的难过少那么一点点。

A. 肖铭

又把一首歌的和弦练熟了，但每次我边弹边唱就会跑调。脏月说，他有时候也会跑调。感觉他这么说只是安慰我。他最近不知在干吗，总是隔很久才回我短信。我晚上问他，刚学吉他是不是也像我这样。他隔天清晨才回我。

"其实只有一次。不是我刚学吉他的时候。是首很深情的歌，我已经弹唱了一节，然后，突然她的钢琴声加了进来，我就不自觉地开始跑调。跑了几句，好不容易才跑正回去。"

我："哪首歌呢？想学。弹琴的是你女朋友？"

几分钟后，我收到他的回复："嗯。是啊。"

但我，明明更想知道是哪一首深情的歌啊。

时间被蚂蚁堆积又垮下。初夏款款而来，夜里的天都晴得爽朗。沐惠又一次央求我陪她睡觉，而我再编不出像样的借口了。那些假理由搞得我精疲力竭，心好似被坠了块石头。

那晚我做了梦。我质问她为什么没告诉我她现在的爸爸是继父。她急不可耐地反问我，那你为什么不告诉我你有个同父异母的姐姐呀？

很紧张，也不知如何辩解，于是醒了。闻见她身上换了一种沐浴露的味道，浓得化不开，给我窒息感。

弯月的阴影色变深。我想起她转学来第一天自我介绍，想起她那天特别不自然的笑，如果当时不心疼那么一下，或许我现在就不需要睡在她身边快要喘不过气来。如果我小学时候没有转学过两次，或许就不会懂她那时的笑真的很叫人心疼。

我想推醒她起来说说话。毕竟我们不是蚌，没法将心中硌人的石子磨成珍珠。但她睡得多香啊，令我不忍去叫醒。反正还有两个月就中考了，石子磨不圆也踢不出去那就别触碰。不碰就不会疼，我想。

A. 臧岳

高弘的钱比我预期速度快很多地花完了。我到几间酒吧求职都被拒，而后不得不开始练我从前嗤之以鼻的曲目。

之前小名说，不要带着偏见去听歌，每首歌都有价值，有的人喜欢歌并不一定是因为欣赏那首歌，在某些时刻某种情境下，一段曲一句词能瞬间戳穿心。歌不同，故事不同，人不同。既然宣扬着人人平等，那么每首歌都不应当被框上有色标签。你不屑一顾的歌，指不定是别人的珍贵。就算没营养的口水歌可能对某人而言也有不一样的意义。

因为她这番话，我试着写比较大众的歌，发现自己竟然写不出来。曾经瞧不上的曲子，别人写了，流行着。而我写不出来，有什么余地去驳斥去贬低么。可能，在我可笑地发现自己根本写不出流行歌的那一刻，我开始妥协了。妥协于自己大概一辈子都无法让千千万万的人喜欢我的歌。但我跟梦想之间没有和解。我还是想继续写下去，即使，无一人懂。

小小的地下酒吧里，我唱着别人的歌，有些东西在身体里模糊了，像泅了水的素描画。

有天我撞见了不想遇到的大学室友。当年他用酒作挡箭牌，阴阳怪气地指着我叫小白脸，把我被包养的事抖落给全班知道。我以为他会假装没看出我，但没如我所愿。他走近台，让我唱我大学时写的歌。我唱了后来写的歌，没唱他点的。他也没听出来。一曲终了，他嗫嚅，好怀念跟你一起看片打游戏的日子啊。显然，他这次又喝多了。

他又说，其实我们都以为你会成为大作家。我不解。

"就那种，写三流武侠小说或色情小说的 master①。哈哈说真的，听我一劝，音乐界没有你的出路，你作曲真的很烂哪。"

果然，几年不见，他还是一样欠抽。

其实不单单他一个人说过我曲子糟糕。昔日的班主任，大学组乐队的键盘手都说过。还有我投给音乐公司的无数个有去无回。还有她带我见的制作人。

那个男人如果每次只说我作曲差，那么我会一笑了之，继续卑躬屈膝地领教他的说教。

可后来某次，他说，你这曲难听就算了，偏偏词还晦涩，看这一整段副歌歌词都写的什么玩意，副歌相当于整首歌的中心思想，你连歌想表达的情绪都没写清，很难让人产生共鸣。曲平淡，词又没共鸣，难怪没公司签你！但没关系，现在刚开始可以先找几首不错的歌挂你的名字，把知名度打开，你再用自己创作的，而且你外形比较出色，肯定能。

我没让他把"火"字说出口。我抢过他手中的纸，那是我为诗谱的曲。

我说了些脏话，那也是我忍耐的结果，我能做到的仅有控制自己不去打他。但她那天只听到了我后面说的脏话。

碰到这位同学后，我不想再碰着任何认识的人了。可往往

---

① 意为"大师"。

是这样，越不愿见到就越会遇到。

原来独自在屋中作歌，我的世界才无限开阔。而当走出门，穿过一条条记忆里的街时，一切变得无比狭窄起来，仿佛到处都是避不开的熟人。硬着头皮走近前打招呼，就像学生时代硬着头皮走上讲台边领满是红叉的试卷。

那天我是准备去见小名的。她发短信让我教她弹 *yellow*。

我来到第一次约她时的餐厅等她，和那天一样人很多，我只能先站着等位。

时间真快，距上一次我来这儿已过将近三个月。时间真慢，排号在我前面的人才坐下四波。而小名还没来。那天，她就在这人声鼎沸里问我的名字，就在我正想问她名字的时候。

我用手机存下她的名字。她说不是那个"明"，是名字的名。也可能是铭记的铭，我没能从嘈杂中辨得她真正发出的声音。

终于轮到我入座了，身后忽然蹦出个喊我名字的声音。旁人大概可以从我那一刻懵住的表情，猜测面前此女是要强行拼桌。

"臧岳。不记得我啦？不可能，你不可能不记得我。

"我们大学一个社团的，还一起组乐队呢，装什么傻！"

避不开了，只能在心里大叫不妙。

"最近好吗？"万万没想到这句话是我先开口的。后面她连吐的一大摊苦水更让我后悔死了。有什么可寒暄的？气氛尴尬就尴尬着呗。

无非是工作压力大，同事关系糟。她却念叨了快一个小时。我有些气闷，她懂不懂适可而止，还当我是她当年的那个备胎吗？小名还不出现，我悄悄发了条短信，但餐厅里信号太差发送失败了。

"每次我对她讲这些，她都在农场偷菜，说工作本来就是这样，肯定会有很多不顺心。不只你，我也是这样，大家都是这样。其实我也知道啊，但我不需要我爱的人来告诉我现实就是残酷，我也不需要她敷衍的安慰，我只是……"

她把对着我的眼神移向盘面的残羹，明明没有喝酒却醉了一般不停眨眼晃脑。

"只是想她，抱抱我。什么都不说。"

我不知道该说什么，由着沉默凉下来。前面我对她的片面安慰此刻都变成一团废物。

"这么多年，她还是不理解我。"

要不怎么说人贪婪呢。都已经有了爱，还想要理解。可笑不？

是爱不够，还是理解比爱还重要。

我不想坐下去了，也不想等小名了。我迅速心算了这个月打工挣的钱，如果不请小名吃饭，不给对面的女人买这顿单，刚好能买下那条旗袍。我几乎想象出了倩穿着那旗袍有多美。我立马开始合计编个什么理由离开。

她说谢谢我听她抱怨。谢谢我当年主动从吉他手变成贝斯手，让她能加入到乐队弹吉他。我勉强地笑笑，还在盘算着离开的理由。

"我还记得，你可爱的样子。"

"哈？"

"有次我们排练，主唱还没来，你站在没开的话筒架前清唱，特好听。我想吉他给你伴奏，谁知我的吉他声一响，你就开始跑调了。你跑调的脸，真的可爱。"

我都不记得曾发生过这一段，被她一提是有些印象。

原来你的爱情发生的时候，对方都知道。

她说自己还要回去加班，刚刚本来是想下楼点外送，没想到碰到了我。

A. 臧岳

落地窗那边传来 *That I would be good* 的歌声，我发现是两个原本没有的音箱发出的。院子里的石砖全被撬走，如今躺着绿滋滋的草坪。此刻，她就在草坪上浇水。

我心怦怦，一步步走近她。却没能像预期那样从背后抱住她。她手中水管的弧度消失了，直挺挺地刺向我。水流把我浇成落汤，我觉得自己像美国电影里被冲洗的牢犯。等我回过神去护住装旗袍的布袋时，它已经湿无可湿，无限的难过在这一刻才吞噬我。我一把将它扔进客厅。

小名说，她姐说过这样一句话——有的人，你就是爱他爱到，他再怎么伤害你，你仍然不舍得戳他一刀。

我可没那么伟大，我做不到。我现在只想揉碎她，揉碎她，揉碎她。

我把她摊开，她如一弯温暖的水般盛满我，我在她身上游着，我要让她汹涌起来。她瞳孔里的月亮越来越亮，最后变成夺目的焰。我不止想这样而已，我想她哭，想她的泪融进我掌纹里，想她变红的双颊呼入我肺里。想她长发缠住我的手，想她双手绕紧我的喘息。想她，就这样变成我的贫穷，我的咳嗽。而我，只变成她的懦弱。

她像一尾鱼一样喑哑，快乐的，痛苦的，最后都沦为她的喑哑、我的释放。

旗袍很合身。她不笑也很美。我吻了吻她贴了创可贴的手指，问她怎么弄伤的。

她抱住我腰，小孩气似的撇过头不让我看她的脸。委屈的声音传过来："剥虾爬子被壳割伤的。"

怀里那个声音继续说："你知道我为什么选择你吗？因为你说过，虽然你来得晚了些，但你不会再走了。"

B. 肖铭

"你们怎么断了联系了？"

"好像……是有次我放他鸽子。本来想跟他学 *yellow*，唱给我姐听。但后来又不想弹给她听了。我没去，给他发短信他没回。后来好像就没什么联系了。

"唉。有很多人你都不记得跟他们的最后一面是什么情形。"我感叹。

我有些怀念沐惠，虽然，我一下子就记起了脏月这个人却想了很久才想起她的名字。但有的人，就是横亘在往事里的一条溪水，即便忘了她姓名，忘了她模样。

"都六年前的事了，你记性够好了。"男友讨好我地说道。

"不可能忘了他吧，我可是因为遇到他才开始学吉他。那年春天我生日，第一次跟我爸撒娇说要买吉他……

"话说刚才超市放的那首歌的前奏和副歌真的很像他写的。我还记得我们坐在喷泉边，他唱到一半，喷泉刷地开始喷水！"

"我查了，词曲作者是 90 年的，应该不是他。他现在估计得有三十多了吧。现在民谣这么火，他没赶上好时候。可能他早就放弃写歌，投身到大众日子去了吧。"

"他也不算民谣吧。我也不知道该归到哪一类。"

"哎！"

"咋啦？"

"哦，没什么。"

我忽然想起了自己最后一次见到脏月。可是，当时我在等初恋，还是不要跟男友提了，不然他开始追问我的初恋，多麻烦。有些事情和亲密的人反而不能说。

我记得那天很冷，初冬的湿风嬉闹似的来回窜行。我在公园里等当时的男友来，好当面说分手。异校恋太痛苦。

等了一个多小时他还没出现，居然让我在雨天等他这么久，果然分手才对。我这样想着，从小树下飞跑到大树底下躲越来越大的雨。

大概因为下雨，公园几乎没有人。所以那一顶赤色的伞出现得格外扎眼。

我看到沐惠的小姨和脏月走向我这边时，还慌了，寻思该往哪儿藏呢。但两人压根没注意到我，就那么径自经过我，走远了。他们好像才吵过架，她走在前面，他去拉她没成，还把她的提包给拽掉了。脏月弯身捡包，而她已经走出好几米外。然后脏月赶忙追过去把伞遮到她头顶……

我孤零零地杵在树下，很怕突然打雷。

看着他们的背影，我想，真好啊，他俩有伞。

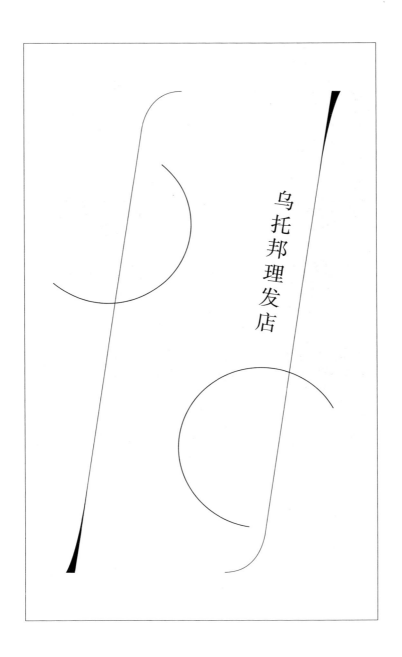

乌托邦理发店

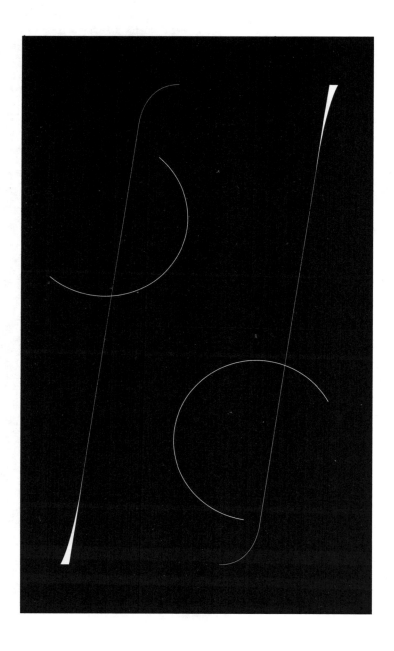

1.

忘了这是第几次来找刘志强剪头发。你看，我都记不清了，少说也有七八次吧。如果给我剪次头平均十五分钟，而我有次还是烫头，时间更久，那么我跟他相处过至少四个小时。但我对他一无所知，除了名字。当然，他也无从了解关于我的信息。

我们在周围一对对嘈杂的理发师与顾客的包围下，像两座坟一样安静。我自然相当钟意他的少言寡语，不然也不会每次都钦点他来给我剪。

今天礼拜二，上午，店里没客，也没有往日大得过分的流行歌曲声。我进门时，脚下的感应器机械发出"欢迎光临"的声音着实吓我一哆嗦。窝在皮椅里玩手机的托尼闻声弹了起来，可掬的笑从他眉毛往下传输。

"来啦？今天没上班？"

很烦这种故意装作跟我相熟的语气，但我仍不自觉地客套起来。"嗯。调休一天。"

他见我站在门口不挪步，便走近我打算拉我进去坐下。我环视屋子一周，没看到刘志强，所以不愿往里去了，想退到外边。我说："你们什么时候安的这玩意儿啊？"说着，我又往门口的垫子踩两脚。

"早先就有了。但只在平常顾客不密集的时候打开。"

"欢迎光临"又被读了几次。

"想剪个什么样儿的，这次？"我在托尼炙热的目光中没有了退路。

"刘志强呢？"我悬着一口气问。我可不想在剪头发时遭受一连串查户口式的深度采访，就算只有十分钟那我也不愿意忍。

"噢……他买早饭去了。"

"一会儿回来？"

"噢，对。应该快回了。"

我一口气松下来，不去顾忌托尼不再谄媚的语气，尽管他脸上还那么笑着。

在等待刘志强的时间段里，我头一次细细打量这间理发屋。现在外面是阴天，屋子被笼罩其中显得暗沉瘪仄，灯通电后才饱满起来，像被投食而精神焕发的胃。几盏吊灯盈盈的，略微晃动，如不安分的风铃。米色皮椅被照得泛白，积淀渍垢的地

184

方露出了马脚。瓷砖上的碎发比花纹更引人注目，勾得我心里激出一胳膊鸡皮疙瘩，我瞧不得这么多头发尸体聚集。地扫不干净，他们倒是把镜前的桌子码得极整齐，让我这种强迫症看了生出愉悦。大瓶大瓶的护发素洗发水染发膏列在壁橱，如一张张渴望被带走的脸。我垂下一半目光，正好望到镜子里映出的自己。后背有点弯，头向斜侧探，疲乱的头发掩了我三分之二的脸。尽管盖住这么多，我依然从剩下的三分之一看出呆滞和挥不去的抑郁。

真不忍看下去了。再看一眼我都想一剑刺死自己。

我快速走到之前常坐的角落，缩进绿色塑料椅子，一丝都不想被三个理发师逮到闲侃。面前玻璃桌上摊着几本泛毛边的厚杂志，我抓起最下面一本，装作无比认真地浏览。肩膀坐僵了却还没等到刘志强回来。我伸个懒腰，手碰到后方的墙壁，下意识转头，发现不是墙。

是被光滑贴纸贴住的一扇小窗。

又转头做贼心虚地看了看他们三个，趁他们还在欢乐斗地主，我撕开贴纸一角，窗缝积累了很多年迈的灰尘，透过同样脏的玻璃一隅，可以看到一个车库似的洞。说成洞都抬举它了。两个中年妇女蹲在灰洞口的卷帘门下，用胯部围着个浴盆，手上止不住地把肉丁串成串。

"欢迎光临……"

回头，心头一抖，恰好与刘志强四目相撞。这惊吓却把我刚刚胃里涌荡的恶心成功给逼回去了。我此刻心情犹如偷看到组织机密文件却被逮个正着的间谍。

2.

刘志强说，你不急吧，不急的话，我吃完给你理。

他都这么说了，我能说我都等半个钟头了，你剪完我头再吃吗。我说不出口。但我立马讨厌起他，将之前存有对他的欣赏全丢到一边腾地方给这讨厌的情绪。

欣赏多廉价啊。其实是情绪廉价。

按说，往常店里人多时，等一两个小时也是常事，怎么今天才三十几分钟我就不耐烦了呢。要怪，只能怪窗缝的灰和贴纸的胶都粘我手上了。

我起身走向洗头的水槽，被刘志强含着一口锅盔用声音拦在半路。这个水槽堵塞了还没修好。于是我往二楼上。还是第一次到二楼。明亮多了，即使天空藏起太阳，灯也没开。落地窗边摆着空鱼缸。我洗完手，躺倒，偏过脑袋，刚好可以观赏鱼缸里干燥的假山假水草。越看越困，也不知是不是我躺着的原因，我竟然睡着了。还做了个梦。

天变得晴朗，空气却闷闷不乐，云朵像在憋尿般偏不下雨。街上绽放的太阳伞个个像传送带一样从左平移至右。突然眉毛痒痒的，我挠了一下，居然碰到了眼镜。才意识到自己正在做梦。

我很多年没戴过眼镜了。最近一次戴眼镜，还是大一下学期的概统期末考试，为了方便查看左邻右舍同学的卷子才戴的。

不知哪里传来金属生脆的撞击声，很熟悉。哦，想起来了，叮叮叮，是卖麦芽糖的。但我从街头张望到街尾也没看到背着竹篓手拿榔头的人。

时光像被拉长的面条，我感觉我呆坐在落地窗前很久很久。云开始排尿了，又开始冰雹了，我很奇怪梦里的我为什么不挪地方。

天尽头的云霞洇了一摊紫，像她手腕透出的血管颜色。很多年没想过她了。可这一想起就感觉难过。我并不再喜欢她，但她像个结一样绑在我的生命线上。曾经吵架拌嘴的字句从我眼前的窗簌簌往下飘，沉积在地板上。这时我才特想醒来，挣扎，挣扎，挣扎都没用。梦魇压住我。我双手抱住脑袋，发现鱼缸满到快要溢出水。水中一只红狮头瑟瑟浮着，犹如死了，但细看，它嘴还在不停歇地翕动，努着，像在不停亲吻水。一股湿润的腥味钻进我鼻子里，因为难闻，我屏住了几秒呼吸，再张口，发现自己竟无法呼吸了——我变成了鱼，但是没有腮的鱼。

瞬间憋醒。眼睛睁开，看到刘志强黝黑的脖子。顾不上问他什么，我大口大口喘气吸气，可刚刚梦里的腥味仿佛还充盈在我的鼻腔内。呼吸流畅后，我才闻见周围的香波气味。

刘志强早站起来了，平静地看了几眼好像哮喘发作的我。我有点尴尬，只能没话找话，"刚我睡着了。你都帮我洗完头了啊！"

他没搭腔，挥着个金属夹子指了指镜前的椅子，示意我坐过去。

　　我尽量端坐，背不靠座椅。镜子里的我精神了不少，不再像小老头了。兴许是梦魇造成一些红润浮在我脸皮上。

　　刘志强照往常一样问过我想剪的发型，就开始一言不发地着手理发。二楼只有我们俩，空间安静得能听到时间沙沙溜走的声音、剪刀咔嚓声，头发掉落声都成了配曲。不知怎的，我忽然产生一种前所未有倾诉欲。当他用电推稍稍推掉我脖颈后胡荏样的碎发，我还有点恋恋不舍，十分不想站起来。

　　他拿海绵清理我皮肤上的碎头发时，我竟冒出了句："要不我再染个头？"

　　"行啊。想染什么色？"他倒是来者不拒，还迅速扯过一本厚重的书让我看着挑选发色。

　　"不看了吧。就灰色。"

　　"灰色？你再考虑下嘞。本来长得就显老。"我觉得他在憋笑，脸都憋得泛出微微扭曲的红。

　　"那还是算了。"我很失落，但语气装得很轻快。我已经丧失了倾诉欲，想赶快离开。于是掀开身上盖着的白色的布，站起来。

　　他居然把我按回椅子里，手劲大得出乎我意料。像要强迫我必须染一个。

　　"没事儿，只染后脑勺，前边儿就看不出来。"

3.

摆手拒绝他后，我一鼓作气下至一楼。但走到门口，感觉刚刚自己语气太过生硬，就又找补似的回头，可没见刘志强跟下来。我又爬回去，立在二楼楼梯上喊："嘿！刘志强。你手机号多少？留个吧。下次我来提前约你。"

他递给我张名片。我把它塞进钱包夹层，一步两三个台阶地下了楼。

走出理发店左拐，迎面遇上个背背篓的老伯。我说，买点糖。他笑眯眯非常迟缓地回答我，已经卖光了。

当晚我梦里罕见地出现了杨莉。她不断亲我下巴，喊我名字。她坐在我身上，翩然浮动，问我："林卓也，你看我这样像不像水母？"我忘记在梦里怎么回答她了，梦里的剧情后来变成我俩趴在玻璃罩前看我们养的赤月水母。她学水母游动，耸肩膀和手臂，我好想和她做一场……

醒来只有避无可避的怅然若失。我按停手机闹钟，想再旷工一天。最终却只是撸了一把就爬起来收拾完去赶地铁。

清早的校园虽也有人影匆匆，但叽喳吵闹的只有鸟。垂丝海棠又在枝头胀破肚皮了，我感到像宿醉一样头痛。因为意识到又一年快过没了。我租进这所大学里的居民楼，已住了将近四年。四年，是杨莉在这个地方存在的时间，只不过，我们的两个四年是错开的，毫无重合。

我对她已没了往日那种狂热的感情，可为什么还是会想念呢。怀念就像在长好的痂上面插一刀。

从她学校北门出，坐地铁三个站能到公司。由于公交卡里余额不够，充钱的时间刚好会让我迟到。索性我就慢吞吞过安检，慢吞吞下楼梯。还由着自己坐过头一个站。

地铁玻璃中映着佝着背的中年男子。我从恍惚中一个激灵回到现实——那原来是我。多么老态横生，虽然我留着与七年前一模一样的发型。

昨天我本想剃个板寸。但鬼使神差地，最后让刘志强给我剪成这样。脑后支棱了一批比胡茬长一点的头发，头顶的短发像个不规则多边形锅盖一样盖住天灵盖，刘海碎兮兮，要么扎一下眉毛要么扎一下眼珠。前阵子烫发的余波还残留了一些在头发纹路中，于是发型看起来跟七年前的也不那么相似了。

这个杨莉曾喜欢过的发型，这个杨莉曾喜欢过的我。

心一揪一揪的，我被突如其来的难过打败。还是剃成板寸吧。我默默念叨。

这一周天天加班，好不容易熬到周五晚上，我从钱夹里翻出刘志强的名片，下了好几分钟的决心，却仍没法拨出他的手机号。我有打电话恐惧症，可能是恐惧社交导致的。

给他发了两条短信，他那边毫无动静。我便把他手机号输进聊天软件里搜索。果然，搜出个昵称"乌托邦理发店"

的，点开头像大图能看到图片里有面方镜子，镜前一只手擎着黑色电吹风，而镜子里的电吹风却是一半灰一半白的。甚是诡异。

我赶紧返回去添加他为好友。渴望剃头发的心情忽然越来越强烈，像沸腾的水急不可耐地想要蒸发。

刘志强很快加了我，问我是哪位。我才想起自己刚发的短信都没提我是谁，而我也从没告诉过他我叫什么名字。

"周二上午来找你理发的。我走前管你要的手机号。"

"噢……"

"明天几点你有空？"我又紧跟了句，"预约的人多不多？"

"不多。""其实只有你一个。"他连发两条。

他这话让我怎么接。安慰？我最不会安慰人了。说句玩笑一带而过？我也想不到哪种笑话放在这里比较合适。无意识地，我又啃起了拇指指甲。

我盯着手机对话框，过了自认为漫长的三分钟后，我发："那我明天十点来。正好那时候你应该吃完早饭了。"

很快跳出个红点 1："好。"

翌日，我没去理发。我被贾或茗喊去打麻将。贾或茗是我上一任前女友，她跟她闺密凑局，各自叫来三个前男友，两桌麻将，交相辉映的麻将碰击声和出牌声简直快震翻我耳膜。我来之前并不知道她约来的都是前男友。但就算她事先跟我说了实话，我就不来了吗？

但我幻想自己没来过。

4.

杨莉以前数落过我：性格优柔寡断，遇事懦弱无能，不善拒绝女生的求助，却又无法向他人寻求帮助，总搞个人主义，厌恶集体，不喜欢超过五人的团体活动，怕生寡言，自恃清高，自卑又常常瞧不起人，走路驼背，举止没有男子汉气概，眯着眼睛盯人，看起来着实猥琐……

我听到这些，就只笑。笑得一抽一抽的，问她："说缺点就缺点，怎么后面变成人身攻击了？我是不够帅，但也不赖吧。而且我高啊。"说着，我还贴近她，把手放她脑袋顶上再故意稍稍向下平移到我胸口，其实她个子到我下巴的地方。她蹦起来，说她哪儿有那么矮。我继续自顾自说，眯眼睛看东西也是因为近视，怎么就猥琐了。还男子气概，你还想我更有气概吗？我说完，朝她脖子后面吹气。

炎夏的风把我皮肤表面的绒毛抚得撑开，我制造的风将她脖颈激起细小的鸡皮疙瘩，我用炙热的掌心熨平它们，用更炙热的嘴唇吻平它们。

她却轻轻推开我，让我赶紧回学校，不然宿舍大门都上锁了。可她又拽着我T恤圆衣领不放。她多可爱啊，可爱到我想吃掉她眼睫毛，吞下她每一次的眼泪，服下她每一个笑容。

她说跟我在一起总是最轻松可又忧虑最多。我说她忧虑个屁啊麻麦披。她把我嘴捏成鸭子嘴，不许我说脏话。

"我纠结，你有些行为太娘了。大家都觉得你好像 gay，我就很担心自己是不是又喜欢上个男同。我初中时候喜欢一个男生，那时候还不清楚 LGBT 群体，后来才知道他不喜欢女生的。特别特别伤心。"

"放心，我不是。你要是男的，那我才是。"

"高中时，我喜欢的男同学也有点像是，但没有确认。我有段时间很沮丧，怀疑自己专门喜欢 gay 呢。"她说完哈哈大笑，但我听得有点不高兴。

首先我对男的没兴趣。其次，即使某天她喜欢女生了，我还是会喜欢她。我的意思是，假如她喜欢别人了，不管那人是男是女，我依然会喜欢她。难道这不才是真正喜欢一个人的体会么。但是，她这样说，我觉得如果我变心了，她会立马不再喜欢我。她只是喜欢着我对她的这份喜欢而已。

哈。当年想的真多，在意的也真多。如今回忆起，有点幼稚的纠结那些，并没产生出什么意义来。她当时可能仅仅想借此让我改变，变得更 man 些。然而往事不再，我虽没感到后悔，却仍心存遗憾。还以为会多长久的爱，不也不爱了吗。

时间不是使你原谅曾经令你伤心的人，而是使你原谅了那个从前执拗偏颇的自己。

杨莉说的都对。我那些不成熟的个性，我敏感霸道，逃避自我，不愿和所爱之人沟通。我们之间存在的误解比感情还深厚。可即便这样糟糕，我还是希望，得到一份平等的感情。

我弄不清是什么原因让自己又一次频繁地想起她。这就像一件毛衣被针勾出了一截毛线，而我不懂如何才能将它压回去。怎么会这样？有些人，不去想也倒无关紧要。可一旦想起，心底就开始源源不断释放一些特别凶猛的情绪。这样激烈的感情，我很久没从自己身体内感受到了。我有点怕，又有点享受。

5.

那次爽约，我特地跟刘志强解释了一番，虽然用的假理由。隔天，他竟主动在聊天框找我。当时我正在地铁，收到他发的消息断断续续，以为信号不好。待我从地铁站爬到街上，发现不是信号原因，他那头一直顾左右而言他，我问他找我何事，他隔好久一阵才发一句，也不正面回答。我边走边看手机，终于意识到他大概是要找我借钱。

果不其然。如果他再不开口问，我都要主动问他需要多少了，好在他没给我这么主动的机会。接着，我才回过神，自己跟他并不是朋友，为什么要如此积极地借钱给他？

最终还是借了。他打过来一大堆理由，我几乎都没看——我不好奇他需要借钱的原因。我只看了下数额，六千。他承诺一个月内归还，还把自己身份证拍照发给我。我掂量一番，决定借他。但第二天醒来，我就觉得自己昨晚是魔怔了。

一个月过到尽头，刘志强一直没提还的事情。对于还不还钱这事儿，我倒不心慌。毕竟他没拉黑我，并且社交状态更新得相当频繁，可以说简直是在向我交待他开店的进程。对，他借钱凑钱拿去开一个他自己的理发店。但令我相当烦躁的是，我无法去找他剪头发，我担心我一出现在他面前，他会以为我去催债的。我也不愿去其他聒噪的理发店，因此非常后悔自己亲手把唯一的百分百理发师推远。

这偶尔让我躺在越来越长的头发堆中辗转反侧，每根发丝都失眠。无事可做时，我开始逐条阅览他的相册。他在小学毕业照里站第一排正中间，在初中毕业照里站最后一排左起第一个。他学过电焊一年，装修一年，美发五年，在别的店做学徒又做了三年。不知道怎么一个理发，他能学这么多年，通常不是三五个月就可以出师了吗？

不多时，我就从每条细读的状态切换到手一滑看一串大概的状态。我也挺无奈，好像没什么能吸引我长久的注意力和好奇心。大致看完他饱满的相册，我退回我空空如也的相册里。

外人看来是空的。但我能看到一张被设置为仅自己可见的照片。那是我拍的杨莉，她垂着睫毛，微微皱着眉，耳旁的几绺头发浮在她脸颊和鼻梁上，没有半点高兴的样子。而这副模样，却是最初推我沉溺的黑手。

我觉得应该更新一下照片了。选了一张最近拍的蓝天白云，点了发送。但凌晨醒来去厕所，又随手删掉了"蓝天白云"。

此刻，这颗不愿跟任何人分享美好的心。也可能因为想与之分享的人已看不到我的更新，她早把我删了。窗外破晓即将出炉，我有预感，今天的天空会比照片中的更蓝。但有些东西仍旧一如既往地沉寂着……

当我再次见到刘志强，并不是在理发店，而这距离上次我找他剪头已过去近一年。那时初夏的余韵仿佛被开水滚过的茶叶香气，一缕缕地蔓延，缠住人们身上的汗水。天将黑未黑时，刘志强打来电话，把我喊出门。尽管他来还钱，但我还是很气，我正用手机打麻将凑清一色呢，眼看就差一点了，却被他一个电话打断。转到卡里不行吗，非得见面还，我不愿见到任何人，心情真是烦透了。我断开手机的网，随便套件衬衫，人字拖走出门。

下楼后，看到他靠在小区大门的石头墙壁边站着。他像还在过冬天，又像提前步入秋天。身上裹了件厚款的墨绿风衣，衣长不及膝，围巾倒是过膝，黑西装裤裤腿盖住一部分帆布鞋鞋帮，他人不高，这堆服装令他看起来着实怪异滑稽，还显得他憨笨。

我抬手招呼他，他立刻向我小跑过来。他说钱已打到我卡里，就是想见面请我吃顿饭以表感谢之情。

心中顿时吼出一万句麻麦披。我说，算了算了。转身往回走。他扯住我胳膊，"去喝点酒嗫。"

原来他是话这么多的人。跟我之前认识的他完全不同。我找去他们理发馆的前一次，遇到个给我剪头时跟旁边他的同事唠家常的理发师，后来甚至还跟旁边的客人大聊特聊起来。那人每次想大笑又憋着不笑出来，于是憋得身体颤抖，我从镜中盯到他微抖的手拿着剪刀伸向我头部，盯得心惊胆战。越盯越怕越想盯……之后遇到刘志强，我才知道这世上完美的理发师是存在的。

可这位完美的理发师现在在擤鼻涕，不停说着比鼻涕还让我难以忍受的失恋感言。他倒也不是喝醉了变话痨。他自以为我们是朋友，于是说说说个不停。越喝越大之后，反而渐渐沉默起来。他大概补足了我几年来理发时无交流的所有份额。不过，他说的，我都咽进一瓶瓶酒里面，没用耳朵听。

几个关键词，单恋，在一起，恨，分手，遗憾。大部分人的失恋就哭这几个词，或者有些再加上反反复复。

每一段感情里，难道是爱或恨在充当主要角色吗？我忽然发现，不是。是误解和怨怼让两个人纠缠不清藕断丝连，是不甘与犹疑使我们以为深爱却又害怕付出。

我极不愿听他说他的心情，我对所有人的故事都不好奇。我不知道自己为何，又是从何时起，变得如此行尸走肉。我宁愿他不还钱。为什么借钱给他还要遭受被迫听他倾诉这样的待遇，谁说的借钱就一定是朋友了，又是谁说的朋友间就一定得互倒苦水？

可我没站起身走人啊，我就像黏在凳子上了一样，规规矩矩地坐着。我无法逃脱那种感受。那种不容置疑的，原来两个人一起喝酒比独自喝酒感觉好多了。原来，我是那么讨厌孤独。

他喝得声音越来越小，我却自胃里升起一股强烈的说话欲望，这么多酒和食物都压不住它们。不过，桌面散乱的竹签和钵里所剩无几的串串抑制了我翻腾的情绪。

刘志强突然笑起来，笑得跟猪拱食一样，"你怎么哭了？"

"哭一下，省得尿裤裆里。"我打完一个酒嗝说。

这个路边的小苍蝇馆没有厕所。我们晃荡走了大约一公里，在一片好似无垠的草地释放了自己。没有月亮的天空黑着脸盯我俩，我俩越发左扭右拐。晃荡，要将身体里所有水分震出皮肤，榨干自己。蒸馏酒流进食道缓慢炸开花，我们要摇晃，给胸腔内的辛辣一份安全感，好让幻象持续的时间久一些。

午夜的街被趟过一群群失落又失魂的人。路边晾着还没打烊的水果铺子，打折的果子排成排，黑漆漆的居民楼围住一方窄小的食杂店，店主正依偎玻璃柜台玩手机。一切都是我以往在凌晨走到大街上所看过的模样，今晚这醉人的夜风却好像把一切吹得不那么如常了。

我并不厌恶外出，只是厌恶人群，厌恶必须与成堆的陌生人摩肩接踵。所以我非常喜欢黑夜中外面的世界，只闻心碎人的哭吼，但见不到人。我知道水果店凌晨两点会关门，食杂店紧随其后。整条街都要睡了，只飘着一个醒着的我，今天再加一名刘志强。

我俩走尽一条条街，再走入下一条条街中。走到最后，朝日仿佛即将钻出地表。我们并排站着对着银杏树撒尿，我故意尿他鞋上，想激怒他。这无来由的想被打，我也不清楚原因是什么。或许只是因为喝大了。

他说你有病啊。你的病跟我的还不太一样，但没关系，都一样治。

我带你去一个地方。在那里，你可以回到过去的某一刻。虽然无法改变历史造就的结果，但再经历一趟，最起码，减少一些让你后悔的小事吧。

我嗤笑，怎么可能？他没理会我的嘲讽，继续念叨着，但这些都有代价的，也不可能有白白送你回去这样的馅饼。需要你支付当下所有的财产，需要你把……

他竟然还编得下去，我为了打断他，狠劲推了他一掌，自己却也一个趔趄差点摔倒。我看着倒在地上的刘志强，巴望他站起来暴揍我一顿。给我一点真实感。

但没有。他从地面爬起来，边甩脚边慢慢远离我。背影像个不擅长走路的小丑。

醒来时第一眼看见的是阴郁的天空，无阳光式的闷热。我从草坪爬起，一身潮湿，不知是沾了草上的露水还是我出的汗水。几个成群的女学生路过，往我这边打望。我有些难堪，边回避路人的目光，边假装若无其事地捞起草地上刘志强遗落的纯灰围巾。我的眼睛被围巾里掉出的卡片所吸引，我弯腰捡起它。

正面行楷六个黑字："乌托邦理发店"，白底。背面画了一面没有任何标识的地图，像迷宫似的。

大概是刘志强的名片吧。虽然制作得相当烂，连个联系方式都没有，别人如何找到他的店呢？

后来的某些瞬间，我会想起喝醉这天的事情，想起他跟我说，他拼了这么多年，终于建好了乌托邦理发店。那里没有推销会员卡，没有老顾客优惠大回馈，没有故套亲近的攀谈，没有并不讨喜的流行音乐，没有漫漫苦等才轮得到的剪发座位。那里交流内容只关于顾客想要的发型。那是只想单纯被理发，不喜交流的人们的乌托邦。

我听完后，有个冲动的念头。我想去这个乌托邦，甚至有点想在那里搭帐篷住到天荒地老。但此刻我盯着迷宫般的地图，根本不知道店的地理位置在何方，况且我尚不需要理发——贾彧茗前些日子刚帮我剃了头。再者，那天喝多后，我将自己从小学至今的情史统统向他倒了个光，现在想来尽是尴尬，怎么那么轻易就把脆弱摊给另一个人看呢？这太不像我会做出的事情。我觉得近期还是别见到他为好，让记忆随时间稀释一下，尴尬和不堪也是。

6.

现租住的房子还有两周到期，我决定不再续租，开始寻找新的住处。这房子对我的牵绊回忆太多，但正因此，才不适合继续留恋下去。

之前我头发肆虐的期间，贾或茗又找过我几次去打牌。我因为外观太邋遢，数次走出门外了几步，又开锁进了门里。其实我当时很想见她，因为我好寂寞。

没承想，她自己找上门来。那时，我已辞职，每日蜷居在四十几平方米的套一房子里，餐餐外卖，夜夜游戏。

她坐在没有软垫子的沙发里盯着我看，似笑非笑。瘆得我长满一身鸡皮疙瘩。幸好外卖及时敲门。感谢他，我得到了救赎。贾或茗不和我一起吃冒菜，她说出去一会儿再回来。说得好像她还住在这里，好像她只不过去买盒烟很快就回来。但当时，她的确说她要去买烟，然后再也没回来。

冒菜还没吃到一半，敲门声笃笃，不像是拿手敲的。我起身开门，她手里拿着电推子窜进屋里。我没问她从哪儿搞来的推子。她总有办法得到她想得到的，用她的姣好容颜，用她的八面玲珑。

她说在阳台吧，更方便收拾。我吞吞吐吐地找借口。我只是，剪头时不想被对面楼的人窥见。她一副"我都了解"的表情，把我推去洗手间。我脱去羽绒服，光着膀子，穿肥大的七分裤坐在没有靠背的塑料凳上。她帮我洗头，我觉得挺神奇的，因为在一起的日子里，她从未帮我洗过。

我闻见她身上换了一股香水味道。想起杨莉身上有种特别的味道，不是香水，不是洗衣液或沐浴露。曾经，我以为那是费洛蒙，后来才发现是她一直用的护手霜味儿。呵，爱情，多么盲目。

贾或茗开始给我吹头发，我望着墙壁上镜中的她，脑袋皮肤被她柔暖的手鼓弄得舒服极了。羞耻地感到下面硬起来。我很惭愧，不是因为硬了就惭愧，而是惭愧于，自己不爱她了还膨胀。

　　她慢慢使用剪刀，由于生疏，剪了很长时间才上推子推头发。洗手间的灯坏了，我们待在浴霸下头，都被彼此的汗浸润。镜子里的我越来越不一样了，她帮我把想抛弃的长发都抛弃了，可为什么，她没能帮我把想忘记的关于杨莉的回忆也忘光。为什么和她在一起的日子，开心也好痛苦也罢，杨莉始终徘徊在我的梦里。

　　我太卑鄙，明明是自己做不到忘记，还怪到贾或茗头上。也许，人无法达成一些事的时候，总会给自己找个都怪别人的借口。

　　她也离开我后，我很快走出了对她的喜欢，也渐渐不再梦到杨莉。我后来才搞明白，其实想要不爱谁，最好的方法并不是找个人替代她。因为没有任何方法可以帮你做到这一点，你只有靠你自己。

　　而我也没有自己想象的那么专一长情。我可以同时喜欢两个人，也可以同时不爱她们。人是贪婪自私的，交往过的女友们，我个个都曾真心喜欢，也个个都想要。好在她们出现在我人生不同的时间段里，让我变得比较有道德。我以为她们之于我都是一样的，可是为什么，人可以爱过很多人，但念念不忘的只有一个……

她捡我后背的碎发时，不小心指甲夹到我的肉，我这才回过神。从椅子里站起来，发麻的大腿分散了我注意力的一部分。即使这样，我如此贴近她的时候，仍听到了她心跳得很快却很没节奏。我关了浴霸，对她说谢谢。客厅里，冒菜的油在饭盒中凝结了一部分，在脏兮兮的玻璃桌上凝结了一部分，在白米饭上凝结了一部分。

"常常啊，我感觉周围一切都在改变，变化得超级迅速。你是不是一直以为我喜欢那种，瞬息万变的。我以前也以为自己喜欢，感觉那样迷人得不得了。可最近……不对，是离开你之后，我发现我不喜欢，也不再迷恋。"

我不懂她在说什么，想打断却没有勇气。我不知道我为什么没有勇气，怕她再离开一次吗？她不是早就已经离开了么。

但我还是闭嘴不言语，胸腔里仿佛有个锤子在击打心。

她停顿了会儿，接着说："我其实，恨你来着。我原本很欢脱开心的一个女孩儿，被你传染了忧郁悲观厌世。

"我现在压抑的时候就很想来见见你。所有啊所有都在变，不可思议地变哪。只有你，没有任何变化一样。你还是那么不喜欢交谈，不喜欢表达，不喜欢被注意。你还是那么悲伤，像一滴掺了眼泪的露水，停留在你自己构建的叶子上。

"你好像会一直一直停在原地，我随时都可以回来见到你。见到你还是老样子，就觉得挺安心的。"

她忽然说话尾音带出了哭腔，又停了会儿，整理好情绪似的，重振旗鼓一般继续道："可是，我也不能总欺骗自己。你不向前走，你留在原地，但你也不是在等我回头啊，对吧？"

她郑重地给自己的告别举行了一场仪式。她需要靠这场告别去往前前进。而我，仅仅是她仪式中的一个道具。

我坐在沙发扶手上，面朝阳台，背对防盗门，背对她离开的方向。

呆坐良久，落日余晖隐没，我把节能灯打开，摊开左手掌心——她走之前，放了一张照片在我手掌里。是张一寸证件照。大概是从我简历纸上剪下来的。

我穿上我的羽绒服，看着照片里的板寸头，摸着自己此刻的板寸头，笑出来。

7.

离开这间房那天，刘志强来帮我搬行李。但他来晚一步，我已经把装东西的车子都派遣走了。他陪我坐在没有软垫子的沙发上，不说话。屋子极脏，我不知从哪儿开启清理的头儿。

五年前，和杨莉分手后，我住进这里。每天上班，会经过我们以前一起坐着发呆的教学楼。经过我们曾在黑夜里穿过的小径。经过我们偷摘石榴的幽林。

每周有几天，我从我的学校坐一个半小时的公交来找她，有时是周末，有时是逃课。我总盼着地铁三号线快些开通，那样可以节省很多我来她学校路途中浪费的时间。后来，我渐渐不再盼了，我自以为爱没那么浓烈了，而我会离开这个城市，这辈子没机会坐上三号线。那时我怎会料到，结果我没走，甚至还长驻在这里，天天上班依靠地铁三号线。

"她特别喜欢吃榴莲。我受不了那味道。以前，她非要塞给我吃我都不吃。还嫌她弄得一身味儿。可后来。"我笑了，笑得一喘一喘的，"我专门买一堆榴莲搁在屋子里，我切一块给自己，才尝到，原来那么甜啊。那么甜。但她都走了……"

当我反应到自己其实很爱的时候，已经没机会告诉她。我了解自己过去没有珍惜。

可能正是因为太爱，所以才不珍惜。就像人们爱自己的青春，但向来挥霍至空才生出悔意。太美好的事物往往得不到应有的好的对待。

甚至，我过去一直在畸形地比拼一样，比试着我和她究竟谁更不珍惜对方。但爱从来不是靠这种比较能够变得更深。这种比较也没有给我任何退路，因为，并不是想不爱一个人就可以不爱了。我一直嘴硬说自己早已不爱她，可这刻意的洗脑式的心理暗示却丝毫没起作用。

事到如今，我知道留在这里，也等不到她回来。大家都在朝前大迈步，只有我没能挪地方。为什么所有人都可以有新的生活，而这么多年，我遇到这么多人，却仍活在过去的某个结点内。我被结界一样的咒语罩困住。不论遇到多少新鲜的，我都只惦记着旧人。我也想往前走，但我想跟与之有感情的人一起走向前方，而不是各走各路，从此再无交集。

刘志强不知道我心里的感慨，也不深究我那段没头没脑的话，他停在榴莲的话题上，问了我两遍："收拾完屋子去买个？"

"我现在下楼给你买个？"

我还沉浸在我的难过当中，只对他敷衍地摇头。可能，我跟贾或茗一样，需要好好地道别才能专心不回头。我，很想对杨莉说一段剖白，很想好好嘱咐她珍重再送她离开。即便最后无法在一起，我也不愿我们最后一面是以争吵和彼此插对方一刀来结尾。

我现在需要的不是榴莲。"你上回说，有个能回到过去的地方。真有吗？"

刘志强愣了愣，显然没想到我会记得，而且还在此刻突然问他。他欲言又止，犹犹豫豫的嘴角上下浮动。我恍惚然，有种他接下来又要编故事来安慰我的预感。我连忙说："算了算了。知道你那天是喝大了。"

"就在我的理发店。不过，现在说是我的店可不合适了。你知道，我已经支付了我的全部财产。"

我瞪起我的眼睛，想必双眼皮都被撑成了单眼皮。一瞬间忘记了喘气，也忘记了反驳什么，就那么难以置信地望着他。

"这些年，我一直跟我师父学这门手艺。首先需要精湛的修头发的技术，因为要回去那一刻，就得理一个与那一刻一模一样的发型。你知道，就算一根头发的毫米之差也可能使人到不了想回的那一点上。

"观察力和计算能力不必说。再者就是那个仪器……"

"呵呵呵呵。"我笑起来，倒不是因为多好笑，是因为太他妈尴尬了。他真夸张，什么话都随口就能编成一串儿。

"你不信？"他看出来了。

"不可能有完完全全一样的发型，总会有几根长短无法重合。不可能的。"

"正是因为难度高，所以这世上掌握这个的人凤毛麟角。你不信我高超的理发技术？"

我摇摇头。即使他能为人剪成曾经的发型，但相同的发型就能够带人回到过去吗？太荒谬了。虽然我都有些动心了，但这样荒唐的虚假事件无法令我信服。而且，我现今这种才长出一小截的板寸头，要怎么才能被理成那一年的短发呢。接头发么？我现在的头发只有三厘米左右，怕也没法接吧。难道说是用假发？还是待它们足够长时才可以剪成过去的样子，做一回时光旅行？另外，给我重重疑点的又何止这些。刘志强口中所说的要支付全部财产，让我怀疑他是不是误入了什么洗脑组织。而他已完全被洗脑，现在都被放出来发展下线骗钱了。

"所以你辛辛苦苦开个店，现在给别人了？"我很替他不值。

"待我学成，店是不是我的都无所谓。而且我快学成了。你可以来做我第一位顾客。"他说完掏出手机发了个地址给我。

我感到更难过了。因为我才发现他的店并没在本市，而开在距离本市很远的另一座小城。原来我不仅需要老老实实跟这房子说拜拜，还得接受再一重打击，接下来我找谁剪头呢？

干脆离开这个城市吧。我想。

8.

准备离开的最后关头，我咬咬牙将行程改签了。我费了很大一番周折才到达刘志强发给我的那个地址。就是一个平常的小店，坐落在普通的街衢边。甚至在我敲门而入时，还看到刘志强在看他的学徒给一个女士洗头。我悔得差点退出去。但刘志强已经转头瞧见我了。一身疲惫加狼狈的我，真的不好意思说我是来找他剪一个几年前的发型。事实上，我千山万水地奔赴而来，也不止想要理个头发而已啊。但照现在的情形来看，我有一半的可能只能剪完头发就走人了。

想我这一路，为了剪头时候不交谈，却被迫向乘务员说我不要面条要冰水，被迫跟一系列陌生人摩肩接踵，被迫徘徊在地图上没有显示的街道，被阳光晒出满身臭汗味儿。这大概就是大家都在说的，要想做一件喜欢的事，就得先做一百件不喜欢的事吧。

刘志强有点惊讶，带笑冲我快步走来。

"好久不见哈。"我尴尬地说。

接着，一个突然甩湿毛巾的声音吓得我差点像蚂蚱一样跳起来。"不是说好没人说话的吗？"那位被洗头的女士弹起上半身，无比愤怒地吼道。

我被刘志强拉到门外，两人心照不宣地哈哈起来。笑完，我更疲倦了。我能先在你这儿睡一觉吗，我问。

养足精神后，我坐在一张再普通不过的座椅里，等待刘志强帮我理发。四方的空间内弥漫着使我无比着迷的寂静，可等待时间太长，我的意识逐渐朦胧起来。好在他终于赶在我睡着之前，从一角的门后出现，推了个比他身躯还高半米的长方体箱子到我身边。箱子通体黑色，底部无滑轮，被放在横截面一致的手推车上，看起来相当沉重的样子。刘志强在箱子闪着指示灯的一侧按了很久的按钮才问我，"只有一次机会，时间只能维持 12 个小时。你想回到哪个时刻？"

"我和杨莉分手的那天。"脱口而出后，我有点不好意思。可正是这个让人闪躲又难堪的问题，替我决定来到这里。我补充道："五年前的 4 月 21 日。"

刘志强点点头，继而在一个与箱子相连的显示屏上鼓捣了很久，然后将屏幕递向我的面孔。那闪着微光的屏幕里定格了一系列我当年当天的样子。

"你选一张。就是选一个时刻。"

我从不可思议的情绪中缓缓走出来，怀着将信将疑和期待指出我想要的那一张。刘志强捧着屏，放大图片，将其投影到箱子中上部的空腔中，盯着看了很久。接着，他示意我起身钻到箱子的下部去。这跟我起初想象的完全不同，进箱子是闹什么鬼？但我的性格，不可能把疑问问出口。我听话地半蹲，面朝箱子。箱内下方仿佛在孵化一枚硕大的椭圆的蛋，蛋壳间或泛着透明的光，暗淡复又冒出七彩黏缠成一团的颜色。我开始产生惧怕，我这样犹豫不决的人不适合钻进这样的未知当中。然而退回一步或是后悔都已来不及输出了，背后有股强力将我推入突然破开个口子的蛋壳，也可能是箱内某种力量把我吸进去的。口子顿开的时间像是被精确计算过一样，而我进去之后，没有预想中那般促狭的空间，我好像缩成一颗尘埃似的水点漂浮在无边的黑暗中。黑暗使原本令我惬意的寂静变得难以忍受。恐惧在黑暗里极速膨胀。于是我喊，叫，吼嚎。但不论我小声或是大声，我听到的响声是一样的，那就是一阵阵海潮声。不知溺水是什么感受，我想我此刻跟溺水者差不多，只不过，我并非被水淹死，而是被水声淹没。我能清晰地感知到周围的一切，如此的虚无，我却无法睡去。我试图回想一些快乐的记忆，但皆为无用功，无论我怎么努力，脑袋里调出来的都是一张张悲伤瞬间的幻灯片。

在我准备呼救放我出去之时，下一秒我发现自己身处刚刚那张座椅里，并且是以一个我最喜欢的姿势半瘫在柔软的椅背上。刘志强在一旁悠哉而专注地玩手机，好像我一直坐在椅子中没离开过，好像我并不是突然从哪里瞬间移动过来的。我缓了口气，准备喊他时看到镜子里自己顶了一头乱蓬蓬的鸟窝头，胡子络腮，严密地裹实了脸和下巴。WTF，我骂了句脏话。刘志强闻声上前来，又让我坐下。我瞥见他手机屏幕里大樱桃炸弹迅速炸掉然后黑屏了，很有趣，就好像是樱桃爆炸炸黑屏幕的。但这点笑料并没平息我对他不严阵以待的不满，以及我对刚体验过的那些的困惑和不安。

给我刮好胡子洗好头的小伙子推来一堆工具，在刘志强着手给我剪头之前，我从镜中看到那颗形似我的三维头颅，迅速消失于黑箱子空腔内。而这屋子里的诡异感只增不减。掌心的汗似乎要浸透我的皮肉、我的手骨。我轻呼吸，展开拳头，好让汗水沿着掌纹流下去。

"先跟你交待一声，你现在绝不能睡着。理好后，有个专门供你睡觉的大盒子。"

我想，我哪有心思睡？现在满脑子都在琢磨刚发生的是怎么一回事。是时空隧道吗——我通过加速管道迅速长长了头发？我极其想趴到镜子跟前，仔细检查脸上有没有增加皱纹来验证我的猜想。

我心不在焉地顺着他剪刀所指的方向，看到原本贴墙角放置的大鱼缸，不知何时变成了单人床大小的木盒子。他说得真好听——盒子，但看起来就是个宽一些的棺材。我又透过镜子扫视了一圈周围的摆设，惊觉这一切是那么熟悉。才恍然大悟，这里的陈设好像刘志强之前所在的理发馆一楼和二楼的结合。也可能，天下的理发馆都长得大同小异，我还是更好奇那么大的鱼缸瞬时移动到了哪里。还有，揭开被贴纸贴住的玻璃后面会不会发现正在往竹签上串食物的妇女。

他剪了很久，窗子和门都被严实的挡住，所以我也没法知晓太阳是否落山。终于给我理好之后，我的紧张和兴奋都消耗得所剩无几。我反复端详镜中的自己，检查这个发型跟那时候的是否完完全全一个样。我极度担心，万一哪根头发的长度有一丁点儿的不同，我会被送到那之后的某天，那我迂回曲折的这一切岂不白费周章。我盯着镜子，越想想起自己当年的模样，眼底的那颗头颅轮廓却越模糊了。

刘志强似乎看出了我的不安。"相信我！"他边说边拍着我肩膀。

确实仍有诸多疑虑惶恐，但已骑虎难下了。我假装大无畏地大跨步走过去，在我躺进棺材盒之前，他又叮嘱我，"过去了以后的 12 小时之内，一定不要轻易睡觉。因为每一场睡眠都有可能使你在棺材中醒来。

"回到过去，你的身体是不会回去的。只是这里回去。"他边说边指自己和我的脑袋，"无论怎样，现在这个你会在十分钟后醒来。"

我点点头，丝丝紧张感又冒出来抓紧我的心。身体不会回去？什么情况？不过也是，同一时空出现两个我势必会乱套。可我现在大脑的记忆跟思想加到当年自己的脑袋里，这也很混乱。或许这一切幺蛾子恰恰需要闹剧来完满遗憾的部分。

他在我整理疑惑和思考人生的空当，仍滔滔不绝着，"12小时一过，你会自动返回十分钟后的你自己身上。当然，也有极小的可能出现一些偏差，你没能回来……"

"What？"我差点发出爆破音，咽回一个即将飙出的脏话。

他倒是淡然自若，"如果你没成功返回，就得顺着时间的流淌再过一遍这段人生。不过即便你知道接下来会发生什么，你也得按照之前模板继续走下去。"

我叹口气。冷静想想，这种风险也没什么大不了的，不就是之前所有的情绪再重复经历么。谁又知道，未来会不会是已有过的情绪的重复呢？

"不过……万一你发现自己没能回来，你可以试试通过频繁的睡眠返回。因为每次睡着后，你醒来时都可能已跳过某段时间，醒在后面的某个时间点。打个比方，你睡两小时，那个你正常的在两小时之后醒来，而这个你——"他用手指指向我，"醒的时刻可能会返回至两个月后也可能是两年后。睡眠一直这样跳跃，直到你真正返回到这个盒子里，返回到十分钟后的你自己。

"你懂了吧？"

懂个屁。我刚全程就盯着他嘴一张一合的，像大学里掌握了催眠妖术的高数讲师。也根本不需要弄懂。再过一遍就再过一遍吧，我半假装坦然，半感到真的坦然。

"再来一次，有些痛苦也就要再经历一次。记着，不要试图改变任何事情的结果。而且不管你怎么努力，过去的结果都无法改变的。"他似乎刻意强调着什么，好像他知道我此去后需要面对哪些注定的伤心。

"能竭力去改变的，恐怕只是减少彼此的寒心程度。如果你做出什么导致结果变更的举动，那么你将永远困在对应的时间段里。而这个你就永远醒不过来了。"他说完指了指已在棺材内躺好的我。

他难得的严肃反而让我觉得他在吓唬我而已。我不清楚界定"结果改变"的边界在哪里，是挽留住她不离开？还是和她一起离开算改变了事情走向。可倘若没法好好跟她说再见，不能消灭我们之间的最后一个误解，那我从这边醒来又有何用呢？还不如直白地对她说爱，然后被困在幸福的时间里面。

我想问他关于这场回到过去的原理性问题，但他抢先开口问我道："你睡得着吗？需要给你注射催眠剂吗？"还没等我回答，他脸立马又组合了一个狡黠的表情，说："别忘了十分钟后，你得在这儿撂下你的所有财产。"

"我赌钱都输光了才敢来找你的。"我开玩笑说。命都不在乎了，哪还会在意钱。但是，他怎么知道别人支付的数额是不是全部财产呢？

这个淡红色液体药力好强烈，我不想回去之前在琢磨这种无聊无意义的问题，我想想一些关于杨莉的事，但它不给我时间。一刹那，我坠入无垠的睡眠里，仿佛陷入一粒气泡，随水波漂流。

9.

起先，能听到大海一般的风吹树叶声，接着是良久的沉静。我好像没了呼吸，却也不再需要呼吸。摇晃中，似舟又似叶的一片东西将我带到岸边。

忽然有某种外力迫使我睁眼。难道，没有把我送回去，我这就要醒来了吗？

不。不行啊，我得坚持住，不能醒。要撑到哪怕再看杨莉一眼。

但眼皮还是被生生扯开，这一瞬间，我感到像活活被剥皮一样的撕心般的疼痛。接着左手有了知觉，温暖湿润的，软作一团。我意识到，眼前不是棺材盖，不是天花板，而是垂丝海棠在簌簌飘落的花瓣。我缓缓转过脑袋——杨莉正低头看左手掌心的船形树叶，她的右手握着我的手。

"你突然停下来干吗？"

怎么办？她偏头不解的样子是我无比熟悉的那种可爱，那种好看。我要怎样才能不爱她？

我环抱住她，特别特别轻的，怕抱碎了她似的。过了几分钟，她没了耐性，"别抱了，好热，一身汗呀。"于是，我小心翼翼地把自己从她身体边扯开一些距离，然后握紧她的小手。可她又耍脾气，甩开我手，说天气热，不给牵。我简直完败。她怎么闹小脾气也如此可爱。

许多年没能见到她真人，此刻我心里积攒的字字句句，都如锅里煮好的菜在急等上桌。无法言说的感动，就暂且称之为感动吧。我不知怎样才可以很恰当地形容，这种从心底发出来的窜遍周身血液的幸福感。

我慢慢调节自己不平整的呼吸，边缓冲着种种情绪，边努力回想这一天这一刻我们即将做什么。记忆的线索渐渐朝我靠拢，如乱麻般纠缠，我跟在杨莉后头，把这小路快要走到尽头却仍旧没记起我俩这是要去哪儿。

直到她在拐角处的水果铺停下脚步。记忆的碎片高速袭向我，我被击中在原地，不能动弹。杨莉已经在青提旁蹲下了。然后，她会听到店内传出来的搞笑视频声音，她会被好奇心牵着走进去，发现水果店老板电脑旁的书。那书是她喜欢的作家的处女作，而这个作家最近刚结婚，她看到书又打翻了抑郁的心情。她放弃探究是什么搞笑视频，转身浏览店里陈列的水果。终于，她在枇杷堆面前停住，却不是因为枇杷。她看到了墙壁中嵌的木色架子上的水母缸，几只赤月水母不畏今夕何夕地悠游着。

我愣在店外的遮阳棚下，排在一众水果的队尾，像是等人来领走的一颗巨型水果。就这样，跟看电影似的，看到杨莉开始问店主卖不卖水母这一画面。我挑了几串青提进去称重量，顺便央求老板把水母卖给我们。

他会说不行。会指着另一侧墙上的红狮头说，这个可以卖。杨莉继续苦苦哀切地试图说服他。而我，没有像上次一样杵在店外气呼呼地等她。我陪她一起说服老板，用我的不善言辞和不懂圆滑的情商。

最终他还是卖了，如上一次一样。但我两身上的钱不够。杨莉要回去拿钱，我几乎要哭出来了。太感恩，给我这次表现得不一样的机会。我说，我去提款机取，你等我。

想起上次，我陪她回宿舍拿钱的一路都没有好脸色，还不耐烦地顾自在前边大步走个飞快，弄得腿短的她在后面几乎跑起来。我现在真想给那个自己一巴掌。幸好，从此以后，杨莉的记忆里不会有那个时候暴躁不堪的我。想到这，我舒心多了。

我取完钱，快速往水果铺走。一路既着急，又为刚刚试了一次便记起五年前的银行卡密码而庆幸。杨莉已拎着塑料袋，靠在樱花树下等我。

我牵着杨莉，杨莉牵着水母，我们一起朝未来走着。我知道这两只水母再过几小时就会死亡，但至少，我要让它们的生命这次迟点消逝，也要让它们完好回到杨莉家里之后再逝去。

就像我和杨莉。我知道她迟早会跟我提分手，她好不容易申请成功的出国留学，不会因我这次把水母保护好，她就不去了。她说过不要异地恋，不会因为我这几个小时的耐心守护，她就改变心意。即便结局仍是分手，但我希望最终的导火索不是由我点燃。

我们已到达她家门口。出租车上，我半拎半捧着塑料袋，穿过一条茂密树荫的路时，我帮它们迅速躲开了一截从高树掉落的枯枝。由于上次没遇到这根枯树枝，它从我眼旁即将戳到塑料袋的那刻，我心简直被勒到嗓子眼了。还好都是虚惊。我轻缓地把两个小家伙倒入大的透明钵中。我也是刚刚知道她家里连个鱼缸都没有，上次没来得及知道这些。它们在半路就被我的不小心脱手而摔到地上，与皱纹横生的塑料袋和水融为一体，我仔细辨认也没有找到它俩的尸体。盐水默默浸入泥土缝隙间，背景音变成逐渐高亢尖厉的女声的指责，接着是男女声对吼，一会儿男声静默女声低迷崩溃，一会儿男声像一朵海浪被后来的女声海浪淹没……

不能再想那些了，我勒令自己立马停止回想上一次。我小幅度地摇摇脑袋，那都是不存在的场景了，是没发生过的事，我不需要纠结。接下来我要做的，是买水母缸，按比例兑好盐水，给它们喂食，好好伺候这两只。我记得，我跟杨莉约好了，明天得帮她把小部分行李从学校搬回她家，得帮她做好答辩用的PPT。当然，这都是我俩还没提分手之前约定好的。上一回，我没机会替她做这些事情了。这回，我可一定要争取做到。但是，再过几个小时，我就会返回五年后了，所以帮她搬东西做幻灯片的不是这个我，是那个我。我不能亲自体会明日与她在一起的每分每秒，而需要在五年后依靠记忆去回想明天和她在一起的某些瞬间某些片段，而且记忆会随时间一点点被消解、被遗忘，万一我返回之后想不起明天发生过的事情呢。就算记起了一点散落的片段，可被定格的电影仅仅是一幅照片，我无法满足于只看几张照片，我想体验完整版的整部电影啊……想到这，我心情复杂起来。

10.

晚上时，我俩退出屋子，到外面吃钵钵鸡。她家附近我后来独自来过很多次。拐角处的门面从快餐店换成甜品店，奶茶店最后又换成早餐铺。整条街变化都不大，唯独这个店一直在易主，改头换面。如果我现在走进去，告诉店员他们店几个月之后会倒闭，不知他们会有怎样的表情。

杨莉挽着我胳膊走路。我揣着满肚被辣椒油浸泡过的肉和菜，还揣着隐隐的担心。尽管今晚的气氛很美好，杨莉不可能拉着我笑盈盈地说要离开我。但每次她转头望向我，即将开口说话时，我悬起的神经都绷得紧紧的，生怕她说分手。可我又如此享受这份紧绷，像第一次试图亲吻她之前内心的自我斗争，像面对先牵她手还是先说爱她的这两个选项纠结万分。

真希望永远和她一起走在路上，只和她一起。

可我们还是到了路被走尽的时刻。她吻过我脸，然后转身朝宿舍大门走。我上前追她，她正好回头看我。看见我一脸急急的神色，又冲过来抱住我。

不知道怎么回事，今天总想起你第一次来找我那天的场景。她说。

你傻乎乎的，站在现在这个位置，驼着背，周围走过的人都比你矮一截，那让你看起来更傻了，于是我一眼就认出你。她说。

你耳朵塞耳机，我扯下一只来听，可耳机里根本没声音。不知道你是被我突然扯耳机的动作吓到，还是被我发现没在听歌而尴尬，反正你笑得傻呵呵的，下巴笑进脸的阴影里。她说。

以为你扮酷才戴着耳机又没听歌，后来知道了你有点社交恐惧，你拿两个小小的耳机保护你自己。她说。

耳机怎么可能保护到你？以后由我来保护你吧。一开始我是这么想的。她说。

但后来怎么渐渐偏离了初衷的，我自己都已经弄不清了。她说。

但还是很爱你。就算一开始打动我的东西我不再觉得可爱，那也爱你。她说。

一直以为是我更爱你，但今天发现，你更爱我。你更爱我这件事让我又更爱你了一些。她说。

尽管如此，但是……

我贴到她嘴唇上，吻了一下，又吻了下她眼睛。我的眼泪沾到她眼睛周围，搞得她好像也哭了一样。

我怕她继续说下去，于是我说，明天见吧。她笑起来，举手摸我头发，转身走。我抱住她的背影，说，等我，明天帮你搬家。

我躺在寝室床上，静待返回时刻的到来。回来的时候我太兴奋，忘记看那时刻的时间，所以返回的确切时间点我也不清楚，只能估计大约的时段。我脑里混乱不堪，时而回想乌托邦理发店发生的事情，时而回想今天与杨莉说过的话。我又有点气自己，最后的最后还哭了，岂不显得很娘，杨莉可不喜欢我那样。她喜欢 man 一些的我。

熬到困倦了，但我还躺在寝室床里，没有丝毫要返回的预兆。我反复几次看时间，终于确定了自己真的没回得去也没被困在昨天的时间段内。一丝丝担忧之余，我竟感到如释重负和庆幸——我可以再过一天跟杨莉待在一起的好日子了。

我赶忙赶走困倦，这么难得的机会，我千万不能睡，睡了有可能就醒在另一个时间点了。

杨莉睡觉时手机都不会关机，可我不想吵醒她，连短信都不敢发。但实在兴奋难耐，我骑着自行车骑到她学校，在常等她的树下石凳上坐等天亮。

没想到，我最终是这么睡着的。千不该万不该，都怪太激动选择骑两个多小时自行车消耗体力，应该打的才对。还有一个深刻教训是，随时注意保持手机电量，如果手机有电，我就可以打几小时游戏，就不至于睡过去。

11.

耳边有音乐声，歌似乎接近尾声，好像唱了一句"entry number one……"什么的，我也没心思仔细听。睁眼，眼前是天花板上被蜘蛛网纠缠的吊灯，旁边与我平行的地方放置了干燥的鱼缸，然后是脏扑扑的落地窗……我认命般又闭上了眼睛。我想此刻外面那阴云密布的天空都不及我脸色这么灰吧。

刘志强喊了我几声，我在这几声里回想水母，回想杨莉。赤月水母终究死了，杨莉和我维持到了春末。至少我们保住了那个美好的春天。她走那天，我甚至被通知，被允许去机场送她。最后她转头回望我那一眼，眼里的不舍是拯救我的一根稻草。是我来到乌托邦理发店的所有意义。

我坐起身，哭完几滴泪又笑了。刘志强一脸不可思议，问我："做梦了？"

我没回答他，还在回味那些我没能亲历的回忆。回忆缓缓降落后，我意识到自己并没有返回到乌托邦理发店，而是醒在了一年多前，我翘班来找刘志强剪头发的那个上午。我头疼欲裂，面对这必须再来一遍的现实，却也无可奈何。

如今只能先让他剪头发，再琢磨后面该如何。走出他们店外好几十米，我才想起这回忘了问他要名片。不过算了，下次再找他要吧，应该没什么问题。迎面的街边，一个老伯刚给人称完麦芽糖，他收拾好背篓朝我走来，笑眯眯的。我以为他希望我买点糖，就拦住他。但他可能仅仅是笑惯了，他迟缓地对我说："卖光了。"

我略微记得刘志强交待我，频繁的睡眠有利于我返回去，于是我最近经常睡觉。然而每次醒来，一切都很正常，正常得我有点崩溃，难道我回不去乌托邦那个时候了，只能一点点过完这三百多个日子？有时候我醒来甚至记得刚做过的梦，这么诡异的正常，使我稍稍觉得那个乌托邦理发店发生的一切才是梦境。但送别杨莉那天的记忆特别清晰，她的眼神她的拥抱都不可能是假的。这一团理不顺的具有欺骗性质的记忆，真快把我逼疯了。其实还有另一种合理解释——这一切全是我臆想出来的。

面对种种无解的疑问，我打算去问问刘志强。虽然他还没开始建乌托邦理发店，但他了解回到过去的原理，我说出来他应该不会把我当作疯子。我点开手机软件想要联系他，翻找的过程中想起自己还尚未加他，因为根本还没问他要联系方式。我瞬间泄了一半的气。

朋友状态发布栏忽然闪出一个红点，陌生的头像，熟悉的身影。我手足无措，心跳变快，但直到我憋气憋到不行，才感受到自己加快的心跳节奏和大喘气的呼吸声。

她不是把我拉黑了吗？哦对，这次是和平分手而且她离开时还是我为她送别的，怎么会删除我呢。我平息好身体的激动和颤抖，按亮手机屏幕，点开那个头像。缓冲的圆圈转了两秒，新的更新状态在眼底铺陈而上。

"今天回家。不知道有没有人来接我。"配图是飞机窗外地平线上的余晖，低端显示十分钟前发布。

我不知道她坐的哪个航班，也不知道要经过十几个还是二十几个小时她才能抵达。但我一刻也等不及了。残存的理智只跟我说了一句——带上手机充电器。

半小时后，我站在机场里给她发消息。"一直停留在你的故乡，等候来接你的这一刻，谢谢你让我等到了。"

后记
陈年旧梦

很多个阴天里，雨声潺潺，像喜欢的人痴痴的耳语。我枕着雨滴敲打出的曲子，不知疲倦地做梦。慢慢地，在梦的虚幻中丧失辨别梦境与现实的能力。

我是个喜欢不直面人生的人，逃避几乎是本能。几年前，与当时认为很重要的人失去联系后，我开始写作。我逃到文字的掩护下，遇见了另一个自己。

写的故事越多，我反而看清了自己。我有那么多的感触和情绪，我想表达，于是拽来一个个故事来帮我诉说。我耽于虚构的不切实际，并试图在虚幻中寻找生活的出口。当然还没找到。可写故事成了我理解自己的钥匙，成了我对这个世界保有热情和好奇心的驱动力。写的过程中，我常常能看清某个过去时刻的自己，才理解了我那时真实的心情和所有言不由衷的无奈。我是如此迟钝，又如此敏感。但敏感不意味着敏锐，好多次，我过了好久才明白当初那个人，那些人他们做的令我耿耿于怀的事情，其实有另外的解释。

我想写出好故事，探究自己实在是不够的。我开始观察遇到的人，看他们在各自生活里的选择，猜想他们的经历，也想象如果是自己，那么会有怎样的感想。朋友说我之前对周遭是很冷漠的，但现今越来越"八卦"了。这是我喜欢的转变，尽管我依然内向，容易腼腆，但是我已经燃起关注世间百态的小火苗。从前，路过一棵繁茂大树，经过一阵落英缤纷都不会有所停留的我，如今瞧见一片枯叶都要想象一番属于它的故事。

而那些灵光乍现的瞬间，如心动般使我着迷。我走在寻常的街，脑内往往在上演一场场超乎现实的电影。眼角掠过一排闪灯的牌匾，路边凸出一块的摊位，我经过这些，大脑却会突然冒出完全不相关的奇异情节。这些怪诞的想法，闯进我脑子里。没错，我总觉得不是我想出了它们，而是它们自作主张攻陷了我。然后我把它们编就在一个个故事当中，写成小说。

可虽然是灵感给了我这些创意的设定，但我写的一直都是人们内心深处的感情。我们的孤独跟恋旧，面对选择的犹豫不决，口是心非的占有欲和嫉妒，害怕失去却又不懂珍惜，想要逃脱的离别恐惧症……

我写我自己，也写所遇到的人们。即使小说都是虚构的，可我写下的那些情绪都是真切的。就像大学毕业那年夏天，我忽然间想到的这句话——假故事里往往都藏着真感情。

还清晰记得那年听到的第一声蝉鸣，那些明知永不复返的时光，总在不设防时循环于回忆中飘荡。那么多感想和感情随着离别消逝一些又增加另一些。我也不喜欢自己消极抑郁的一面，不喜欢权衡爱。但当一个个重要的人非得离开，我并不能扯住他们的袖口不放手。我学会安于独处，安于自我不见硝烟地斗争，安于时有时无的好胜心，安于走向告别的时刻。

就在昨日清晨，我听到了今夏第一声蝉鸣。相似的夏季又徐徐展开，连续了几天的阴雨暂告一段落。我也睡得少了些，但仍旧做很多不切实际的梦。

本以为写完这些故事，我就能告别昔日胆怯忧伤的自己，在幻想之中跟自己拥抱言和。但，这些故事早已融为我身体的一部分，使我成为此刻的我。它们或欢悦，或哀伤，总归给到我以慰藉和描述的出口。有时候，虚幻看似缥缈，但它是同爱一样温暖的存在。现实常轻薄寡情，不如偶尔与故事作伴获取温暖片刻。也许未来回首时，正是一些片刻的记忆造就了美好。

希望看到这些故事的你们，也能感到有所寄托和对自己的体谅。嗨，请来小说这座乌托邦躲一躲。

青谙安

2017 年夏

图书在版编目（CIP）数据

你在对角线的另一端 / 青谙安著. – 南京：江苏凤凰文艺出版社，
2017.9

ISBN 978-7-5594-1119-8

Ⅰ.①你… Ⅱ.①青… Ⅲ.①短篇小说 – 小说集 – 中国 –
当代 Ⅳ.①I247.7

中国版本图书馆CIP数据核字(2017)第225604号

书　　　名　你在对角线的另一端
作　　　者　青谙安
责任编辑　姚　丽
监　　制　赖天成
特约编辑　赖天成
装帧设计　丁威静
出版发行　江苏凤凰文艺出版社
地　　址　南京市中央路165号，邮编：210009
网　　址　http://www.jswenyi.com
印　　刷　北京中科印刷有限公司
开　　本　880毫米×1230毫米　1/32
字　　数　150千字
印　　张　7.5
版　　次　2017年11月第1版，2017年11月第1次印刷
标准书号　ISBN 978-7-5594-1119-8
定　　价　38.00元

江苏凤凰文艺版图书凡印刷、装订错误可随时向承印厂调换

监制 赖天成 / 特约编辑 赖天成 / 媒介推广 周琪琪 / 装帧设计 丁威静 / 封面插画 丁威静